Din4fco

Sylvain Paquin

LA TIERCE PERSONNE

SERGE LAMOTHE

La tierce personne

roman

L'inſtant même

Maquette de la couverture : Anne-Marie Guérineau

Illustration de la couverture : Christiane Cheyney, *Continuum VI*, 1990
Techniques mixtes sur bois, 183 × 122 cm
Photographie : Guy L'Heureux

Photocomposition : CompoMagny enr.

Distribution pour le Québec : Diffusion Dimedia
539, boulevard Lebeau
Saint-Laurent (Québec) H4N 1S2

Pour la France : D.E.Q.
30, rue Gay-Lussac
75005 Paris

Dépôt légal – 1er trimestre 2000

Données de catalogage avant publication (Canada)

Lamothe, Serge, 1963-

    La tierce personne

    Suite de : La longue portée

    ISBN 2-89502-135-X

    I. Titre.

PS8561.L665T53 2000   C843'.54   C00-940457-0
PS9561.L665T53 2000
PQ3919.2.L35T53 2000

L'instant même reçoit pour son programme de publication l'aide du Conseil des Arts du Canada, celle de la Société de développement des entreprises culturelles du Québec ainsi que celle du gouvernement du Canada par l'entremise du Programme d'aide au développement de l'industrie de l'édition (PADIÉ).

Comme nous ne savons pas quand nous mourrons, nous en venons à penser à la vie comme à un puits sans fond. Et pourtant, tout n'arrive qu'un certain nombre de fois, un très petit nombre, en réalité. Combien de fois encore te rappelleras-tu un certain après-midi de ton enfance ; un après-midi qui fait si profondément partie de toi que tu ne peux même pas concevoir ta vie sans lui ? Peut-être encore quatre ou cinq fois. Peut-être même pas. Combien de fois encore regarderas-tu se lever la pleine lune ? Vingt fois peut-être. Et pourtant, tout cela semble illimité...

Un thé au Sahara,
un film de Bernardo B<small>ERTOLUCCI</small>,
d'après le roman de Paul B<small>OWLES</small>.

Sa disparition demeure mon exacte mesure du monde.

Laurier V<small>EILLEUX</small>,
Précipité de la mémoire.

l'annonce faite à Mathieu

À la fin tu es las de ce monde ancien

Guillaume APOLLINAIRE,
Alcools.

Depuis le début tu es assommé par ce siècle
jetable

Luc ARBOUR,
Disappearance of a Charismatic Leader.

Tout est chimère, la famille, le bureau, les
amis, la rue, tout est chimère, et chimère
plus ou moins lointaine, la femme ; mais la
vérité la plus proche, c'est que tu te cognes
la tête contre le mur d'une cellule sans
porte ni fenêtre.
[...]
On lui a découpé dans le derrière de la tête
un morceau de crâne affectant la forme
d'un segment. Avec le soleil, le monde
entier regarde à l'intérieur. Cela le rend
nerveux, le distrait de son travail et il se
fâche de devoir, lui précisément, être exclu
du spectacle.

Franz KAFKA,
Journal.

J'AI TOUT VU, J'Y ÉTAIS. C'est le jour où je devins aveugle. Cette nuit-là, dès qu'on a eu annoncé la découverte des corps, j'ai su que ça n'arrêterait plus jamais. J'allais devoir rendre des comptes. Vivre avec cette grande flaque de lumière morte au milieu de mon âme désertique et veule.

Certains ont estimé qu'on ne pouvait pas prévoir. Je réponds qu'on aurait pu, qu'on aurait dû prévoir ; que prévoir aurait permis, sinon d'éviter ce désastre, du moins d'en apprécier tout le potentiel de bénédictions et de chaos.

J'avais tout prévu, moi. De la prévoyance à la clairvoyance, il n'y a qu'un pas vite franchi. Et puisque c'est de cela qu'on m'accuse, je compte bien me défendre avec la dernière énergie. Pas pour moi. J'ai déjà fait les manchettes. Et je suis, comme on dit si bien dans le métier, victime de *surexposition média-tique*. Pour ceux qui sont tombés cette nuit-là, pour leurs yeux demeurés ouverts, j'emploierai le peu de temps qu'il me reste. Pour mon frère Luc et la femme qu'il a aimée. Nadia, la mère-enfant. Pour Simon, leur fils. Les autres aussi, qui ne l'ont ja-mais vue venir. La pérennité du massacre.

Rien n'est aussi simple qu'on l'a laissé entendre. Les évé-nements sont sans doute bien trop récents pour que nous puis-sions en saisir toute la portée. On a le nez collé là-dessus comme des gamins qui baveraient d'envie devant la vitrine d'un grand magasin de jouets. J'ignore ce que l'on retiendra de tout ceci. Peut-être pas grand-chose, sans doute pas l'essentiel. On ira au plus simple, justement. N'est-ce pas cela, la fonction du mythe ?

Tout simplifier, jusqu'à évacuer le sens profond des choses. On reproduira cette image d'elle à des millions d'exemplaires. Elle circule sans doute en ce moment même sur la Grande Toile. Oui. Peut-être l'hémorragie a-t-elle commencé. Peut-être sommes-nous déjà, sans le savoir, en marche vers une terre totale...

Croyez-moi, vous ne sauriez comprendre ce qui s'est réellement produit cette nuit-là dans la chambre 22 de l'hôtel de la Licorne à moins de vous familiariser avec les tenants et aboutissants de cette tragédie. Il faut mourir dans les formes ; le roi l'ordonne et les convenances l'exigent. C'est l'expression consacrée.

Mais je brûle les étapes, vous avez raison. Oui. Reprenons. Depuis la toute première erreur d'aiguillage.

Rien ne garantit la sincérité du sujet. Les apparences sont contre lui. Pas spécialement contre lui, mais enfin... Les apparences valent ce qu'elles veulent. Elles volent ce qu'elles voilent.

Mathieu Arbour ne déclinera pas son identité. En vérité, il suffoque dans la pièce exiguë, semble à tout moment sur le point de s'évanouir et s'obstine malgré tout à garder sa veste. Ce refus de se mettre à l'aise, de s'accorder un minimum de confort, témoigne sans doute en sa faveur : le sujet tient à ce que l'on sache qu'il conserve un certain sens du décorum. Pour l'instant, il a consenti à dénouer sa cravate. Dans les circonstances, il faut interpréter ce geste comme une preuve de bonne volonté.

La pièce ne semble pas pouvoir contenir autre chose : le sujet, la chaise sur laquelle il transpire et la table (facultative, la table – mais y trône peut-être un cendrier débordant d'un immonde mélange de mégots mal éteints, de cendre et de chewing-gums). Cette pièce pourrait être située n'importe où, n'avoir ni porte ni fenêtre, personne n'y trouverait jamais rien à redire. Le miroir sans tain, qui permet d'observer le sujet en toute quiétude, ne nous est d'aucune utilité. Allons plus loin : il serait indécent d'imaginer que le sujet a quelque chose à cacher. Sa sincérité n'a jamais été mise en doute ; bien que rien ni personne en ce monde ou dans l'autre ne nous la garantisse (le sujet lui-même moins que quiconque), nous avons choisi de le croire parce qu'il est ici de son propre chef.

Non seulement savons-nous d'expérience que les apparences sont trompeuses, mais nous postulons que les plus trompeuses s'avèrent souvent les plus profitables. Le sujet n'est pas né de la dernière pluie : il sait que notre principale activité consiste justement à mettre les apparences à profit. Cela explique peut-être, en partie du moins, ses réticences.

Le sujet, Mathieu Arbour, n'en a cure ; mais son intuition le trompe rarement. Il sait que l'enflure atteindra sous peu des proportions planétaires. La guerre des mondes ne le concerne pas. « Nous finirons tous sous verre, joyeusement éthérés », songe-t-il, mais cette pensée ne le trouble pas davantage que l'inquiétante réverbération de son récit sur les murs de sa cellule. Sa vie est derrière lui et rien de ce qu'il pourrait raconter ne suffira à le disculper. Mathieu Arbour a déjà dressé l'inventaire de ce qu'il ne pouvait révéler, que ce soit par pudeur ou dans la crainte de représailles. Après avoir mené cette tâche à bien, il a compris qu'il avait sous les yeux la liste exhaustive de ses tabous personnels et intimes. Il commencerait donc par là.

Ma disparition n'a pas fait tellement de bruit. Elle a été constatée le 15 août dernier. À midi, très précisément. La déclaration de ma femme porte même un numéro de dossier. Lequel, dites-vous ? J'avoue ne pas l'avoir noté. Je ferai attention la prochaine fois. Il ne faut pas vous formaliser. Je ne suis pas contrariant. Tout le monde le dit.

Qui a peur d'une pantoufle ?

Qui ne se retrouve pas, au moins une fois dans sa vie, mal à l'aise en face de soi ? Incapable de réagir ? Qui n'a pas, un matin devant son miroir, trouvé la ressemblance douteuse ? Suspecte ? Qui n'a jamais envisagé de disparaître, en moins de temps qu'il n'en faut pour cligner des yeux en plein soleil de midi, de disparaître une fois pour toutes, en pleine clarté ? Oui, la poursuite d'un rêve aussi modeste appelait l'aveuglement, le commandait. Dans un monde où la généreuse abondance de lumière me destinait à l'invasion des silences les plus trompeurs, je pressentais déjà tous les recommencements. Possibles et inévitables.

Où en étais-je ?

Ma disparition. Oui. Eh bien non ! Elle n'a pas fait tellement de bruit ! Mais ça aussi, ça pourrait changer.

Je suis un homme rangé.

RANGÉ, adj. 1. *Bataille rangée*. 2. Qui mène une vie régulière, réglée, sans excès ; qui a une bonne conduite. ⇒ **sérieux**.

RANGÉE, n.f. Suite (de choses ou de personnes) disposée côte à côte, de front sur une même ligne.

J'ai mené cette *bataille rangée*. J'arrivais au bureau, tous les matins, une heure avant mes employés. J'avais pour les retardataires le regard froid d'un Grand Inquisiteur et un commentaire cinglant, toujours le même : « Vous n'êtes pas sans savoir que cela sera retenu sur votre chèque de paye. » Aussi ai-je toujours considéré l'absentéisme comme un crime de lèse-majesté. Moi qui n'ai jamais manqué un jour de travail en vingt ans (je fais exception du jour où l'on m'a opéré pour l'appendicite), comment aurais-je pu comprendre qu'en ne se présentant pas au travail un vendredi sur trois, R. me fournissait la seule preuve possible de son bon sens.

Notre firme s'occupe de manutention et d'emballage. Je suis directeur de production. Voilà un travail tout aussi sérieux que considérable. Nous manutentionnons et emballons de tout. Vraiment. Ça va des magazines pornos à la *Gazette officielle de l'Assemblée nationale*, en passant par les livres de recettes, les almanachs populaires et les romans-fleuves. Une culture de l'emballage sous vide.

J'emploie une centaine de travailleurs. Cinquante d'entre eux ont le statut d'employés salariés. Les autres sont des personnes à capacités physiques ou intellectuelles restreintes.

C'est ça. Des handicapés.

Ceux-là sont subventionnés.

Oui. Par l'État.

Quelque part, au sein de l'administration publique, on a dû se dire : « S'il faut absolument les payer, aussi bien que ça profite à quelqu'un. » Alors, c'est nous qui en bénéficions ! Encore qu'il y ait des cas lourds. Ceux-là, nous ne saurions les exploiter. Nous les parquons dans un coin de l'usine comme nous le ferions d'un lot de pièces défectueuses. Je m'en passerais bien, mais il faut, n'est-ce pas, se donner bonne figure. De toute façon, les cas lourds ne coûtent pas un radis à l'entreprise et pendant qu'ils sont chez moi, ils n'encombrent pas les corridors des hôpitaux. D'autant que, pour chaque cas lourd, on m'octroie cinq ou six handicapés légers. Je vous explique. Avec les agents du ministère, nous avons convenu d'une stratégie : du *give and take* cela s'appelle. Une saine et performante réciprocité. Chaque fois qu'ils nous fourguent une demi-douzaine de handicapés légers (tenez : du moment qu'ils ont l'usage d'un bras – ne serait-ce qu'un – ou qu'ils ne bavent pas sur leur pantalon en émettant des gnian-gnian révélateurs d'un délabrement cérébral certain, nous considérons qu'il s'agit de cas légers ; vous voyez que nous ne sommes guère pointilleux), chaque fois, donc, qu'ils nous en livrent une fournée, je me fais un devoir d'accueillir sans trop rechigner un cas plus lourd, comme ce quadraplégique aveugle ou C. que la nature a voulu totalement sourd *et* débile profond. *Give and take.* Un échange de bons procédés, voilà tout. Bien sûr, ces règles-là ne sont écrites nulle part. Vous éplucheriez en vain les dix mille pages de réglementations entreposées au ministère sans jamais rien trouver qui ressemble à ça, pas même un aveu d'intention, rien. Nous nous arrangeons entre nous. Les agents du ministère sont beaux joueurs ; et nous savons, de notre côté, qu'il ne faut jamais mordre la main qui nous nourrit. Mine de rien, c'est une mine d'or, le travail adapté ! Les subventions permettent à notre entreprise *sans but lucratif* d'engranger, chaque année, des surplus d'environ cinq cent mille dollars.

Tout ça peut vous paraître horrible, mais je vous assure que personne ne s'en plaint. Ni les estropiés, ni les débiles, ni les agents du ministère et surtout pas nous, leurs bienfaiteurs.

Où cela nous mène-t-il ? Je vous le demande. Non, je veux parler de ce bas monde. À quel abaissement pouvons-nous encore soumettre nos semblables ? Avec un peu d'imagination.

Que nous reste-t-il à profaner, avilir, souiller, écraser, bafouer ? L'enfance, peut-être ? Encore que... Non. Même ça, on arrive à le faire assez convenablement. Et de mieux en mieux. Je sais bien que ni vous ni moi ne saurions y mettre un terme. Mais cela a-t-il vraiment commencé avec Caïn ? Ce pauvre bougre devait déjà suivre l'exemple de quelqu'un. D'Adam, son père ? De Dieu lui-même ? On ne me fera jamais avaler qu'il a trouvé ça tout seul ! Le serpent n'avait déjà plus toute sa tête et Ève disparaît dès la fin du premier acte. À croire que le rôle de la Vivante, dans cette création, se limitait à engendrer dans la douleur cette espèce de brute fratricide.

Comprenez-moi bien ! Je dis simplement qu'il s'agit d'un terrible malentendu que deux mille ans de christianisme n'ont cessé d'aggraver. Caïn continue d'errer dans le désert. Tout châtiment, toute possibilité d'expier lui ont été dérobés. Vous croyez qu'il s'en tire à bon compte ! Oubliez-vous qu'une marque au milieu du front prévient toute sympathie à son égard ! Par décret de l'Auguste.

Moi ? Où allez-vous chercher ça ? J'avais un travail à faire et je m'y consacrais en toute bonne foi. Dès mes débuts à l'usine, j'ai adopté la règle en trois points du parfait gestionnaire nippon :

1. Ne rien faire ;
2. Tout faire faire ;
3. Ne rien laisser faire.

Je suis un meneur d'hommes. Oui. De cette race en voie d'extinction. Un vivant anachronisme. J'ai depuis longtemps atteint l'imparable seuil d'incompétence. Comme il se doit. L'informatisation des systèmes, les technologies de pointe, le fonctionnement de la distributrice à café, toutes ces innovations me distancent et me déprécient. De nos jours, quelle entreprise a encore besoin d'un meneur d'hommes de ma trempe ? Je suis obsolète et personne n'a songé à prolonger ma garantie.

J'ai beau donner des ordres, rétribuer, sanctionner, rédiger des descriptions de tâches, louvoyer d'un article du code du travail à un autre, je ne suis jamais, aux yeux de mon personnel, qu'un autocrate rasé de près, cravaté et fat, auquel il faut sourire complaisamment si l'on ne tient pas à se retrouver au chômage.

Mes employés ne m'aiment pas, j'en conviens. Ils se défient de moi comme du ver solitaire. Mais ils me respectent parce que je sais être juste, c'est-à-dire sévère la plupart du temps et compréhensif en certaines occasions. Tenez, par exemple, le jour où R. a sollicité un congé pour assister aux funérailles de ses parents, tous deux décédés dans un terrible accident de la route, n'ai-je pas insisté pour qu'il prenne une semaine de repos sans solde ? Vous croyez qu'il a apprécié le geste ? Détrompez-vous. Deux mois plus tard, l'ingrat cherchait à faire entrer le syndicat dans mon usine. Je l'ai congédié vite fait. Il ne faut pas traîner avec les pommes pourries. Nos pensionnaires sont si vulnérables, si influençables, si faciles à manœuvrer. Ils ignorent tout des conséquences funestes qu'entraînerait la formation d'un syndicat. Pour l'essentiel, mon rôle consiste à les protéger d'eux-mêmes, quitte à ternir mon image de marque et me priver de l'affection que mes employés, à juste titre, pourraient se sentir enclins à me manifester.

Je le dis en toute humilité. Je n'ai aucun mérite. Je ne fais que mon devoir.

La vérité ?

La vérité c'est que je n'ai plus d'interlocuteur valable. Hormis vous, bien sûr. Je vous fais confiance sans vous connaître. Ça me ressemble si peu. Je pense que le fait de ne pas voir votre visage compte pour beaucoup dans la balance. Je veux dire, je ne crois pas que je pourrais me confier ainsi, sans la moindre pudeur, si je savais qui vous êtes. Oui, disons-le comme ça, disons que je préfère ne pas le savoir.

J'ai une petite soif, là, tout à coup. Je prendrais bien un autre verre de cette bibine. Du Jack Daniel's ? Pardon ! Versez, versez, nous aviserons ! Merci.

Non, simplement, cela ne ressemble en rien à l'idée que je me faisais du purgatoire : un endroit où votre premier verre de Jack Daniel's a un goût d'eau de mer et le second de sirop de chaussettes. On n'ose imaginer ce que vous pourriez refiler au troisième service. Je dois admettre que la trouvaille est pleine d'astuce, mais c'est mal connaître votre clientèle. Fiez-vous à moi ! Servez-leur de la pisse de chameau, ils en redemande-ront toujours.

Je ne suis pas vide.

Au contraire, je suis rempli de cette poussière dense et in-forme dont sont faites les étoiles. Tout le monde le dit.

Je ne suis pas une éponge. Ce que je restitue dans mes mots, mes hésitations, serait plutôt du domaine de l'incréé.

Je suis un terrain vague. Une ipséité. Oui, une décharge pudique, si vous préférez.

Oui, marié. Enfin, je l'étais. Je ne sais pas. C'est un peu délicat. Comment dit-on dans ces cas-là ? Je ne suis pas veuf, tout de même ! Ce serait plutôt à elle de... C'est absurde, vraiment. Dites-moi que je rêve.

Tahéré est iranienne. Non, pas irakienne : iranienne. De Chiraz, pour être précis. Un peu à l'ouest de Bagdad. Voilà, vous y êtes. Persépolis, oui, la capitale de l'empire perse, fondée par Darius environ cinq siècles avant Jésus-Christ. Je constate que vous êtes bien informé. De Persépolis, en effet, il ne subsiste que des ruines. Alexandre le Grand, dans un élan de fureur aussi déplacé qu'inexplicable, a incendié et ravagé cette pure merveille. Il n'a pas été le seul, en face d'une architecture aussi orgueilleuse, à succomber à la tentation du saccage. Omar et les armées de l'Islam incendièrent Persépolis au VIIᵉ siècle, puis Gengis Khan et ses Mongols en firent autant au XIIᵉ siècle. Des ruines, donc, à l'ombre desquelles Chiraziens et Chiraziennes se promènent en famille le dimanche. Mais vous dire Chiraz, la cité des narcisses et des roses, la capitale des poètes, le vignoble de l'Orient ; vous faire voir ses rues paisibles encombrées de milliers de rosiers ou, dans la langue d'Hafiz et de Sa'di, ces poètes auxquels les Persans vouent un véritable culte, célébrer la fière beauté des femmes de ce pays des mille et une nuits ; cela je ne le pourrais pas. C'est que je ne suis pas poète, moi. Et je n'y ai jamais mis les pieds, moi, à Chiraz.

Tahéré vous la raconterait pendant des nuits entières sans se lasser, la ville de son enfance. Il y a vingt ans qu'elle l'a quittée, son orangeraie. Vingt ans qu'elle s'est tirée de ce pays où, du jour au lendemain, les mollahs et les pasdarans se sont mis à faire la loi, kalachnikovs au poing. Vingt ans qu'elle a disparu, drapée dans un tchador de fortune, qu'elle a enjambé les montagnes du Zagros pour venir se réfugier ici, au royaume de la neige et du verglas.

Vous voudriez savoir dans quelles circonstances nous nous sommes rencontrés ? Cela tient du romantisme le plus chevaleresque qui soit. Vous voilà prévenus.

Elle travaillait pour moi.

Elle avait débarqué au pays deux mois plus tôt. Diplômée en enseignement de l'Université de Téhéran, encore jeune et d'une beauté à couper le souffle. Bon sang ! Dès qu'elle a eu mis le pied dans mon bureau, j'ai su que j'allais l'embaucher, ne serait-ce que pour avoir le loisir de la contempler au milieu de ce ramassis de vieilles peaux et de débris qui constituaient l'essentiel de mon cheptel. Je m'excuse, mais je dis les choses telles qu'elles se sont effectivement produites. Vous ne voudriez quand même pas que j'invente !

Le salaire de misère que je lui offrais ne suffisait pas à faire vivre sa petite famille (elle vivait seule avec ses deux filles, je croyais l'avoir déjà mentionné), Tahéré devait donc cumuler deux emplois. Pendant la journée, elle trimait dans un atelier de couture où quelque truand l'exploitait sans vergogne. Le soir, elle bossait dans mon usine.

Je dois le dire en toute franchise, malgré son épuisement manifeste, elle resplendissait de mille feux. Toujours souriante et enjouée, sa seule présence dans l'atelier avait pour effet de rehausser le moral de mes troupes. En un mois, la productivité de l'équipe du soir avait presque doublé. Je savais que Tahéré était pour beaucoup dans cette remontée spectaculaire. Alors bien sûr, je la traitais aux petits oignons. Après trois mois de ce traitement de faveur, elle a commencé à faire du chichi ; rien de grave au début, des revendications somme toute assez banales. Elle souhaitait, par exemple, que la pause dure quinze minutes au lieu de dix, prétextant qu'il leur était impossible de casser la croûte en si peu de temps. Vous pensez si ça m'a fait rire, moi qui n'ai jamais mis plus de quatre minutes à avaler un repas ! À contrecœur, je lui ai donné raison. Et je n'ai pas manqué de le regretter. Cette première victoire l'a enhardie. Elle devint vite le porte-parole du groupe. Toute la bande lui faisait aveuglément confiance. Dieu sait pourquoi !

Non, il ne fut jamais question de syndicat ni rien de ce genre. Je ne l'aurais pas toléré, de la part de Tahéré ou de quiconque. *Over my dead body !* Un matin, toutefois, je remarquai à mon arrivée au bureau que le rapport de la veille faisait état d'une baisse notable de la production que rien, ni un bris de machine ni le manque de main-d'œuvre, ne paraissait justifier. Le soir même, je demandai aux filles de l'équipe de motiver leur piètre performance de la veille et m'entendis répondre, sidéré, qu'elles ne recevaient pas la moindre prime de rendement et ne voyaient donc ni l'intérêt ni la nécessité de produire davantage que le minimum exigé.

J'étais conquis ! Ma perle orientale le prenait de haut ! Au nom de ses collègues, elle exigeait qu'une prime de rendement leur soit consentie à toutes. Et quelle fougue dans le regard ! Tahéré, la Pure, partait en croisade et j'étais son tout premier moulin à vent.

Séduit, je l'ai congédiée à la fin de la semaine et nous nous sommes mariés deux mois plus tard.

À l'usine, il n'a plus jamais été question de ces fameuses primes de rendement. L'équipe du soir est rentrée dans le rang, tout le monde a été invité au mariage. C'était vraiment magnifique. Voilà.

Je n'ai rien d'autre à déclarer.

Ma Tahéré est émouvante.

L'interminable coulée de ciel gris qu'elle observe en silence lui restitue chaque jour le parcours harassant de son exil. Tahéré se souvient, elle, pour de vrai, de sa Perse natale aux soleils assassins, aux caravansérails délaissés et aux raffineries de pétrole. La Perse de ses héros, les amoureux légendaires que furent Leyla et Majnoon, Manijé et Bijan, elle me la racontait nuit après nuit comme pour conjurer les bulletins télévisés montrant ce pays désormais ravagé par la guerre et le fanatisme.

Elle n'a jamais vieilli. À un âge où toutes les femmes s'angoissent devant leur miroir, guettant l'apparition des rides aux coins des yeux, anticipant l'inéluctable flétrissure des chairs, Tahéré s'est mise à resplendir, à briller d'un éclat, d'une gaieté quasi miraculeuse. À cinquante ans, après quatre accouchements, sa peau de jeune fille jouit encore du même lustre. Tahéré, ma Pierre Philosophale, mon Talisman Suprême, ma Fleur du Désert, mon diamant Koh-i-Noor, ma Montagne de Lumière. La Pure.

Oui. Tahéré veut dire « la Pure ». C'est le nom d'une héroïne persane, poétesse du XIXᵉ siècle, dont on sait maintenant peu de choses, sinon qu'elle était originaire de Qazvin et qu'elle fut considérée, par ses contemporains, comme un prodige d'intelligence et de beauté. Très jeune, elle se révéla douée de talents exceptionnels. Poétesse inspirée, érudite, oratrice pleine de fougue : Tahéré avait tout pour déplaire aux fanatiques misogynes de ce pays de mollahs. En 1844, alors mariée et âgée de vingt-sept ans, elle déclara ouvertement sa foi dans la nouvelle religion fondée par le Báb, un jeune homme de Chiraz qui, en proposant d'audacieuses réformes, avait enflammé l'imagination de dizaines de milliers de ses concitoyens. Aussitôt qu'elle entendit parler de ce Mahdi intrépide qui prêchait l'égalité de la femme, Tahéré partit en croisade. Elle écrivit des odes à la gloire du Báb, le jeune prophète qu'incidemment elle ne rencontra jamais puisqu'il fut arrêté et emprisonné avant d'être condamné à mort pour hérésie.

Tahéré fut néanmoins la première femme de Perse à oser se montrer publiquement à visage découvert, ce qui ne manqua pas de lui susciter de puissants ennemis. Elle dénonça l'obligation faite aux femmes de son pays de porter le tchador, ce voile ignominieux, symbole de leur asservissement. Elle multiplia les discours et les apparitions publiques et rallia des milliers de femmes et d'hommes à la cause de la liberté et de la justice.

Le Báb proclamait l'égalité de la femme. On le persécuta. Ses disciples lui vouaient une admiration sans bornes. On les massacra. Près de vingt mille Bábis succombèrent lors de purges effroyables qui atteignirent leur apogée vers 1852. Tahéré la Pure fut du nombre des martyrs.

Ses bourreaux – des ivrognes à qui les notables de la ville avaient promis quelques piécettes – la conduisirent dans un jardin près de Téhéran et là, en pleine nuit, ils l'étranglèrent avec le foulard de soie qu'elle portait au cou et jetèrent son corps tiède et frêle au fond d'un puits asséché qu'ils emplirent de pierres. Selon des témoins de cette scène, Tahéré aurait déclaré : « Vous pouvez m'enlever la vie mais vous n'arrêterez jamais l'émancipation de la femme. » C'est comme ça, racontait ma femme, que son illustre homonyme est entrée dans la légende. À peu de frais, si vous voulez mon avis. Mais mon avis ne compte pas et puis, des martyrs, il en faut bien de temps en temps, ne serait-ce que pour nous donner mauvaise conscience.

Un siècle et demi plus tard, les femmes portent toujours le voile en Iran. Certains des poèmes composés par Tahéré font désormais partie du folklore. Les Iraniennes les fredonnent sur des airs connus sans rien soupçonner ni de l'identité ni du combat de cette héroïne immortelle ; car le nom de Tahéré la Pure a été gommé des manuels d'histoire et de la mémoire même de ce peuple. Dans les anthologies de poésie persane, on trouve parfois un poème de Tahéré à la rubrique *anonyme*.

Purement anonyme.

Des enfants ? Nous en avons quatre. Oui, c'est-à-dire que les deux plus jeunes sont de moi. Une fille et un garçon. Oui. Je dois admettre que j'éprouve les plus grandes difficultés à me souvenir de leurs visages. On change bien vite à leur âge, vous savez. Quant à leurs noms... Pas la peine d'y songer. Pensez donc ! Ils ont des noms impossibles. Et il n'y a que leur mère, en définitive, qui soit en mesure de les prononcer correctement.

Fiez-vous à moi si j'affirme, à l'encontre de l'opinion généralement admise, que les enfants sont d'adorables parasites. Toute cette propagande sur les joies et les bienfaits de la procréation, la béatitude parentale, toutes ces salades, ces discours pieux sur la vie familiale et le bonheur conjugal, ça ne date pas d'hier. C'est la toute première injonction divine adressée au couple originel, celle qui soutient l'édifice entier de notre bêtise : « Soyez féconds, multipliez-vous et remplissez la terre ! » Formidable piège à cons.

Vous leur sacrifiez vos meilleures années. Pendant vingt ans, vous ne refusez rien à cette racaille et vous avez bien de la chance s'ils vous donnent le change pendant tout ce temps. Mais de treize à dix-huit ans, ils n'aspirent qu'à une chose, ils n'ont qu'une idée en tête : vous plaquer après vous avoir saigné à blanc, prendre le large, vivre à leur guise le plus loin possible de votre regard scrutateur, s'exposer à tous les dangers, contredire toutes les valeurs que vous avez tenté de leur inculquer, frustrer vos espoirs les plus légitimes et se plaindre au monde entier de ne pas avoir été aimés aussi bien ou autant qu'ils se croyaient en droit de l'être.

Les enfants sont des terroristes, des guérilleros. Mieux : ce sont des mines antipersonnel, bien enfouies dans vos gènes, toujours prêtes à vous exploser en pleine figure.

Ils me tombaient sur les nerfs. Tahéré ne les avait mis au monde que pour m'exaspérer chaque jour un peu plus. Des barbares. Je n'ai jamais considéré notre progéniture autrement. À notre table, le soir, toute cette mastication, ces gargouillis, cet empressement à vouloir grandir, profiter, occuper l'espace, le peupler encore, lui imprimer sa marque ; tout cela m'écœurait.

Les week-ends en famille étaient un véritable supplice. Pas étonnant que je les aie tous passés dans l'attente fébrile du lundi matin qui me voyait, enchanté et ravi, reprendre le chemin du bureau. Je ne dis pas que nos enfants aient été des monstres. Je suppose qu'ils sont tout à fait normaux. J'aurais peut-être pu vivre paisiblement malgré le brouhaha de leurs jeux débiles, leurs récriminations, leurs querelles, leur propension au désordre, leur hargne constante chaque fois qu'ils désiraient quelque chose. Mais l'insouciance phénoménale qui leur permettait d'envisager l'avenir avec sérénité, voilà surtout ce qui me consternait.

À moi les inquiétudes, les nuits d'insomnie à compter leurs quintes de toux. À moi de courir chez le pharmacien dès la première alerte. À moi de surveiller le poêle, l'hiver durant, dans la crainte perpétuelle d'un incendie. À moi le soin de verrouiller les portes, chaque soir, et d'arpenter les couloirs au moindre bruit suspect, armé d'un bâton de baseball, à l'affût de malfaiteurs improbables. À moi l'appréhension du pire, toujours.

Voilà pourquoi je dis que l'homme, pour se reconnaître tel, doit pouvoir se tenir debout la nuit sur le seuil de sa demeure

– ou n'importe où – sans avoir à retenir son souffle, ni trembler pour ses enfants qui dorment là – ou qui ne dorment pas – dans leurs chambres de velours. Je dis que l'homme, pour vivre – simplement pour vivre –, doit pouvoir se confier à la nuit ou à l'épaule d'un frère sans avoir à maudire la pluie. Parce que la pluie lave ce sang rêvé que ses veines crachent en direction des étoiles, je dis encore ceci que l'homme doit être respecté pour la couleur bleue de son sang, pareillement bleu de tout homme, identique au ciel qu'il éclabousse.

De nos jours, mettre un enfant au monde devrait être considéré comme un crime contre l'humanité. Le pire de tous. Mais les déserts familiaux les plus impitoyables sont ceux qu'on tarde le plus à s'avouer. Ils accaparent un espace qui pourrait être le dernier refuge. Où trouver le courage de liquider ces déserts-là ? Comment se résoudre à saborder un navire dont l'errance s'éternise sur une mer d'huile ? Certains jours, un souffle agace la voilure qui tressaille alors de faux espoirs, mais ça ne dure qu'un moment. Le vent tombe, les voiles débandent. On a depuis si longtemps perdu le cap. Et pas la moindre terre en vue.

Il fut une époque de ma vie, pas si lointaine, où je croyais aux vertus de l'enracinement. Je me suis tenu, bien des fois, sur ces falaises, simplement heureux de savoir que la route ne va pas plus loin, qu'elle s'arrête ici, qu'elle n'a d'autre finalité que ce vide tumultueux sous mes pieds.

Alors, malgré ces égarements fulgurants, quand tout me paraissait faux – les décors cartonnés ne sont pourtant pas aussi fragiles qu'on pourrait le croire –, ne m'était-il pas difficile de résister à la tentation du *statu quo* ? Un rien me rassurait. Même imbu de cette rage importune qui surgissait de nulle part, je savais me contenir et rentrer chez moi. Sans faire de vagues.

Ces abîmes si profonds qu'ils étouffent les cris, n'allez pas croire qu'ils tuent. N'importe qui peut vivre ainsi indéfiniment.

Ces êtres qu'on ose encore appeler nos proches, ces êtres aux silhouettes imprécises qui s'éloignent en silence, ne se retournent pas. La distance s'installe au fil d'un chapelet de malentendus tous plus anodins les uns que les autres. Le ton de voix devenu familièrement insupportable. Les regards obliques chargés de reproches informulés.

Arrive le moment où il apparaît clairement qu'ils ne désirent rien de ce que vous aviez rêvé leur offrir et ne souhaitent, au contraire, rien d'autre que ce dont vous espériez les protéger.

Il m'a fallu du temps, bien sûr, pour appréhender cette ingratitude et même un certain courage pour l'aborder de front, armé seulement de mes dérisoires convictions. Mes valeurs. Qu'aurais-je pu faire d'autre, le jour où il est devenu évident que mes proches, ces ombres chinoises, n'en avaient rien à branler de mes valeurs ? Pas plus que moi, d'ailleurs. Mes valeurs ne faisaient pas le poids. Le premier venu aurait pu me le dire. Tout sonne creux en moi. Ils m'auraient quitté de toute façon, les uns après les autres ; alors à quoi bon !

En ce sens, ma disparition fut un véritable coup de maître. Je les ai bien possédés, tous. Ils n'auront jamais la satisfaction de m'avoir abandonné à ma médiocrité !

Comme je le disais plus tôt, elle n'a pas fait tellement de bruit, ma disparition.

En sortant de chez moi ce matin-là pour me rendre au bureau, je me souviens, chose étrange, de m'être retourné dans l'entrée et d'avoir observé la maison. Ma maison. Ce n'est pas étrange en soi : je fais ça tout le temps. Chaque matin, en m'éloignant au volant de ma voiture, je fais une pause au coin de la rue et je me retourne pour contempler la maison. Machinalement. Comme pour me convaincre de quelque chose. Je ne sais pas... Elle me donne l'impression d'être un point d'ancrage, une référence. Ce bref coup d'œil me sécurise. C'est ma maison, une maison centenaire, un peu voûtée. Du solide, comme il ne s'en fait plus.

Ce matin du 15 août, ne me demandez pas pourquoi, elle m'a paru suspecte. Elle aussi. Accroupie dans l'herbe, derrière sa haie de cèdres, elle riait sous cape. Elle se foutait de ma gueule !

Je n'ai pas fait trop attention.

Je n'aurais pas su dire ce qui n'allait pas. Je me sentais même plutôt bien. J'avais fait ce rêve idiot. J'en étais encore tout imprégné. Dans ce rêve, je porte Tahéré sur mon dos à travers les rues de Jasperville. Elle se cramponne à moi, au début, comme une enfant craintive. Je nous fraye un passage dans la foule. Nous progressons au milieu de ce marais humain avec une déconcertante aisance. Tahéré ne pèse pratiquement rien, elle a la légèreté d'un songe. De temps en temps, elle émet un petit cri d'oiseau et je me dis qu'elle doit avoir peur. Mais je suis dans l'erreur : ce sont des gloussements de plaisir. Il y a longtemps que nous ne nous sommes pas si bien amusés. Elle a posé sa tête sur la mienne, ses longs cheveux noirs retombent sur mon visage et m'empêchent de bien voir où nous allons. Nous formons à nous deux une espèce de totem ou d'animal fabuleux. À notre approche, les badauds font un pas de côté pour nous laisser passer. Ils ne semblent pas nous voir et n'oseraient sûrement pas nous regarder en face. Tête baissée, ils foncent vers la mort comme s'ils craignaient d'être en retard au rendez-vous. Je ne les vois pas, bien sûr, à cause de cette chevelure noir de jais, si dense, qui me voile le visage ; mais je sais que tous préféreraient ne pas avoir à supporter la vue du couple étrange que nous formons. Trop uni. Transgressif.

accouchement : Luc Arbour, alias Choucas

L'enfance, donc, puisque vous insistez. Mais voilà un terrain miné. Nous nous y aventurons à nos risques et périls. Les souvenirs les plus médiocres prennent une dimension mythique. On ne s'y retrouve plus, à moins de garder à l'esprit quelques repères fondateurs.

Tenez, par exemple : je me souviens parfaitement d'un documentaire télévisé sur la vie secrète des éléphants d'Afrique. Il me semble que mon frère Luc et moi l'avons vu des centaines de fois, ce documentaire, bien que cela paraisse tout à fait improbable. On y montrait un cimetière d'éléphants : la fascination de ces mastodontes pour les ossements de leurs congénères, la vénération avec laquelle ils les considèrent et s'en approchent, la solennité de leurs gestes quand ils caressent les crânes évidés et blanchis, le profond respect dont ils entourent les reliques de leurs proches aussi bien que celles de leurs plus lointains ancêtres. Quand je repense à ces images, c'est surtout la concentration quasi extatique de Luc qui me revient en mémoire. Il s'absorbait totalement dans la contemplation de ce rituel étrange, au point de perdre tout contact avec la réalité.

Mon frère était dérangé. C'est l'expression consacrée.

Luc n'a jamais rien fait comme les autres. Tout d'abord, il se présentait par le siège. Le docteur ne l'a jamais vu venir. Mère a paniqué, alors il a fallu l'endormir avant qu'elle ne se mette à mordre tout le monde. Le doc en a fait tout un plat parce que, selon lui, se présenter par le siège, comme ça sans prévenir, ça ne se fait pas. Pour Luc, montrer son cul a toujours été la grande affaire. Mais le doc ne pouvait pas savoir... Alors ç'a été tout de suite les gros mots et le masque à oxygène.

À la naissance, Luc valait déjà son poids en or. C'était le bébé de l'année : il a été livré un premier janvier, quelques secondes après les douze coups de minuit. Il a encore fallu soutenir le siège et cette fois, ç'a été plus long. Les médias se sont précipités et les requins n'ont pas tardé à renifler l'aubaine : Johnson & Johnson, Pampers, Heinz, Procter & Gamble, Playtex, Fisher-Price. Ils étaient tous de la partie. Père a dû louer le garage de nos voisins, les Bouchard, pour entreposer quarante caisses de couches jetables, environ trois mille petits pots de purée de poire, quatre mille six cents pots de purée de navet, douze bidons de Vaseline et presque autant de shampooing, sans compter la lingerie de bébé, les poussettes et les jouets de toutes sortes.

Les jouets ! Ils s'entassaient à l'étage, dans la chambre d'amis. Bien rangés dans leurs cartons, bien neufs, bien reluisants. Mère avait tout de suite compris la menace qu'ils représentaient. Elle n'eut aucun mal à concevoir que tous ces jouets risquaient fort de la priver de l'intérêt que nous lui portions... Cette chambre fut condamnée. Mon frère et moi n'y avions jamais accès. Mère s'appropria la clé du cadenas et, jusqu'à son dernier souffle, elle la porta au bout d'une chaînette en or, accrochée à son cou comme un ridicule trophée de guerre ou une espèce de fétiche assez malsain.

À Noël ou pour notre anniversaire, elle et père entraient en période de négociations intensives. Cela pouvait durer des semaines. À l'issue de tractations et de palabres interminables lors desquelles notre mère arborait la petite clé magique avec une malicieuse ostentation, elle faisait sauter le cadenas et pénétrait d'un pas décidé dans la caverne d'Ali Baba. C'est ainsi que Luc et moi appelions la chambre aux trésors. Elle en

38

ressortait victorieuse, brandissant chaque fois un nouveau jouet que mon frère et moi nous disputions, l'année durant, le privilège de mettre en pièces.

– Maudits brise-fer ! disait notre mère.

Si la toute première disparition de Luc a pu être assimilée à une simple fugue, il a tout de même fallu reconnaître la précocité de ce sacré lascar : mon frère venait d'avoir quatre ans.

Cela avait commencé par une innocente partie de cache-cache dans le jardin. Il était convenu que je compterais jusqu'à cent et Luc avait détalé comme un foutu zèbre. Je relevai la tête et parcourus le jardin d'un regard circulaire avant de me diriger vers la cabane à outils, sa cachette de prédilection. Certain de l'y trouver dissimulé sous les housses de toile ou derrière la corde de bois de chauffage, je fouillai consciencieusement tout ce bric-à-brac et m'étonnai de ne pas l'entendre ricaner comme il avait coutume de le faire chaque fois que j'étais sur le point de le repérer.

Je passai ensuite le jardin au peigne fin, sans résultat.

Nous fûmes bientôt tous à sa recherche : mes parents, nos voisins ; en moins de deux, tout le quartier avait rappliqué. Policiers et pompiers s'étaient rameutés d'eux-mêmes et orchestraient des fouilles systématiques. Quelqu'un suggéra d'organiser une battue dans la montagne. Aussitôt fait.

Le soir tombait. Quel spectacle ! Les fusées éclairantes et les faisceaux des lampes de poche, les hommes en uniformes et l'énervement de la foule, tout cela donnait aux recherches un air de carnaval improvisé. Les boisés environnants résonnèrent toute la nuit des appels incessants lancés dans les porte-voix : « Luc ! Luc ! Mon garçon, où es-tu ? Montre-toi, Luc ! » Autant de bouées inutiles lancées au hasard par des volontaires qui ne cherchaient manifestement qu'à se rassurer entre eux. L'écho de leurs propres voix les rassérénait et leur procurait l'illusion de demeurer de ce côté-ci du réel, bien groupés, ficelés les uns aux autres par un cordon de sécurité.

On découvrit bien, cette nuit-là, quelques cadavres dissimulés dans les fourrés. Trois dépouilles, si ma mémoire est fidèle ; mais pas la moindre trace de mon frère. Pas le plus petit indice.

Les sauveteurs avaient installé un campement de fortune dans un champ à deux pas de notre maison. C'est là qu'on retrouva Luc, au matin, dormant paisiblement dans l'herbe haute, caché derrière le distributeur à café...

Le caractère anecdotique de cette première disparition nous empêcha sans doute d'en saisir la pleine signification : Luc venait de se découvrir un mode de vie, une façon de se singulariser en mobilisant un maximum d'attention. Bien sûr, il ne pouvait se douter des conséquences dramatiques que ce choix aurait sur sa destinée. Au début, sa méthode fonctionnait admirablement, je dois l'admettre ; mais elle eut à la longue sur l'entourage de Luc (et sur moi en particulier) des conséquences inattendues.

Mon existence n'a véritablement commencé que lorsque Luc a disparu.

Me mettre à sa recherche, remuer tout ce réel, refuser cet arbitraire encombré de sa soudaine absence ; cela ne devenait-il pas fatalement ma mission ? J'avais un but, une direction, une quête : il me fallait retrouver Luc. Mon frère avait-il conscience de me recréer chaque fois qu'il disparaissait de la sorte ? On aurait pu croire, au contraire, que lorsqu'il sortait du cadre et devenait introuvable, que plus rien en ce monde sensible n'attestait son existence, mon âme aurait dû s'apaiser enfin, s'arrêter un instant. Stopper l'hémorragie.

Rien de tout cela.

Soupçonnait-il, en moi, ce vide oppressant qui m'obligeait à me jeter à ses trousses pour redonner un sens au monde ? Je pense que oui. Luc retrouvé, mon univers recouvrait sa signification rassurante, pleine et entière. J'enfilais mon rôle de témoin. Je reprenais ma place dans ce décor chatoyant que la seule présence de Luc savait animer. Les moindres aspérités de mon âme étaient comblées à la seconde où mon frère entrait de nouveau dans mon champ de vision.

Je me demande même ce qui a pu vous laisser croire que ma disparition avait un rapport quelconque avec celle de mon frère. Il y a plus de quinze ans que Luc s'est évaporé dans la nature. On ne peut pas dire que vous vous soyez tellement remué, à l'époque, pour lui mettre la main au collet. Alors ne faites pas tant de chichi. Je n'ai rien eu à voir là-dedans. Vous voyez partout complots, enlèvements, meurtres crapuleux et règlements de comptes. Ce goût immodéré pour le mélo vous perdra. Je veux bien croire que mon frère Luc n'avait pas toute sa tête, mais vous ne m'enlèverez pas l'idée qu'il s'est effacé de son propre chef. En toute connaissance de cause.

Que faites-vous du libre arbitre ? Non, j'y tiens. De plus, je précise que je me réserve le privilège de divulguer ou de taire à mon gré les motifs de mon propre effarement.

Vous voyez qu'il me serait facile de vous mener en bateau. Dès qu'il est question de mon frère, je sens que votre pouls s'accélère, que votre taux d'adrénaline monte en flèche. Alors, oui, reprenons. Puisque rien ne va plus et que les jeux sont faits, aussi bien abattre nos cartes. La mise en vaut bien le coup. N'est-ce pas votre avis ?

Pour tromper l'illusion d'avoir perdu un frère, que ne ferait-on pas ?

La tierce personne

Oui, aussi bien commencer par là, si vous voulez. Il sera toujours temps de reconstituer la genèse du désastre, sa trame essentielle. Rien ne presse.

Luc a prononcé ses premiers mots la semaine qui a suivi son sixième anniversaire de naissance : « L'électricité, a-t-il dit d'une voix claire en articulant chaque syllabe, comment cela fonctionne-t-il ? » Pour toute réponse, Luc n'obtint que la mine déconfite de mère, le silence obtus de père et mes applaudissements spontanés et enthousiastes. Le mois suivant, il avait appris à lire et trouvé lui-même la réponse à sa question dans un manuel de physique élémentaire.

Il me semble que Luc avait acquis ses compétences de lecture en cachette. Je crois même qu'il avait déjà tout appris sur l'électricité avant même de nous questionner. En fait, je le soupçonne d'avoir simplement cherché à nous évaluer, ou pire, à nous mettre en face de notre propre incompétence. Peu de temps après, il lisait Spinoza. Oui, je m'en souviens très bien, il lisait Spinoza à une époque où ce nom aurait tout aussi bien pu évoquer, pour moi, une variété de haricots mexicains, une MTS ou une nouvelle marque de désodorisant...

Luc était doué d'étranges pouvoirs. Il fallait être aveugle pour ne pas s'en rendre compte. Nos parents ne s'en aperçurent jamais. N'étions-nous pas victimes de notre imagination plus souvent qu'à notre tour ? N'avais-je pas, un matin de juillet, surpris mon frère dans le jardin, s'affairant à une tâche inhumaine ? Accroupi dans les bosquets, il me sembla qu'il forçait les roses de mère à se recroqueviller sur elles-mêmes dans une pose grotesque. Non seulement lui paraissait-il aisé de provoquer ce flétrissement prématuré, mais ce jeu cruel lui procurait un plaisir manifeste, infiniment plus intense que nos jeux de cache-cache ou nos courses folles au bord de l'étang. Lorsqu'il me vit approcher, Luc prit un air coupable que je lui connaissais si peu... Il ne me vint jamais à l'esprit que mon frère pût éprouver des remords pour quelques roses fanées. Il avait simplement accéléré un processus inexorable. Non, ce qu'il se reprochait surtout, c'était d'avoir commis cette négligence qui trahissait sa vulnérabilité. Il ne se pardonnait pas d'avoir des réactions humaines. Encore moins de s'être laissé surprendre.

toujours démasqué
celui-là se dérobe à peine
au regard fraternel
de celui pour qui disparaître
aurait un sens

Il nous fallut encore bon nombre de manifestations de ce genre avant de reconnaître que Luc n'était décidément pas comme tout le monde. Mon frère cultivait ses pouvoirs avec une discrétion qui confinait au mysticisme. Luc avait un don. Vous avez dû entendre parler du fluide guérisseur. Non ? Luc magnétisait à volonté toutes sortes de fruits. C'est-à-dire qu'il lui suffisait de les tenir dans sa main pendant quelques minutes pour leur conférer une espèce d'immortalité. Je dis ça parce que, de toute ma vie, c'est ce que j'ai vu de plus proche de l'immortalité. Une fois que Luc les avait magnétisés, ces fruits ne pourrissaient tout simplement pas ; nous pouvions les conserver pendant des mois, voire des années. À la fin, ils se momifiaient lentement, emprisonnant leurs arômes. Vous ne me croyez pas ? Que m'importe ! J'ai toujours conservé un plein panier de ces fruits mutants, durs comme le granit, qui ne connaîtront jamais la putréfaction. Comment dire ? Oui, Luc les faisait entrer vivants dans l'éternité. Aujourd'hui encore, il m'arrive de prendre l'un de ces fruits magiques et d'en limer doucement la surface. Ah ! L'odeur enivrante et suave qui s'en exhale alors ! L'arôme de la vie ! Je crois bien qu'une seule de ces petites merveilles peut vous rajeunir de dix ans !

Malheureusement, Luc avait, lui aussi, ses mauvais jours.

Combien de fenêtres ouvertes avec fracas au milieu des repas familiaux, combien de tableaux déplacés et d'objets mystérieusement propulsés sur le sol, avant que notre famille se résigne à accepter l'inconcevable ? Je ne saurais même tenter une approximation. Il prenait un malin plaisir à se dissimuler derrière les portes entrouvertes pour faire éclater en silence la verrerie de mère, bien rangée dans l'armoire. Il provoquait de minuscules séismes que les plus aguerris d'entre nous voulurent ignorer ; mais la plupart du temps, nous vivions dans la crainte de ces simulacres de tempête. Aussi, l'application et le raffinement avec lesquels il s'employait à deviner nos pensées les plus secrètes à seule fin de nous mystifier en nous les restituant sous une forme plus ou moins falsifiée tenait de la cruauté la plus exquise.

N'eût été sa propension à disparaître, toute mon enfance se serait écoulée dans la contemplation des mirages provoqués par mon frère.

Bien plus tard, quand la poésie de Luc s'est substituée à mon pain quotidien, mes soupçons ont été confirmés :

il y a de terribles craquements
attribués au vent
par manque d'expérience

Mais le grand dérangement de Luc n'avait rien de pathologique. Il conservait l'essentiel de sa démence pour plus tard, en prévision des jours sombres. J'ai tendance à croire qu'avec le temps, il aurait appris à maîtriser ses pouvoirs psychiques, à les endiguer de manière à éviter de faire souffrir ses proches.

Notre père ? À nos yeux, père n'avait rien d'un leader charismatique. Il avait plutôt le profil d'une pantoufle. *A low profile, indeed.*

Nous n'avons jamais vraiment su quel métier exerçait père. Il nous arrivait de faire mille suppositions extravagantes, de nous perdre en conjectures fantaisistes. Pour nous, père avait bien pu être un espion à la solde du KGB, une tête dirigeante du Ku Klux Klan ou un prêtre défroqué ; pour mère, il n'avait jamais été qu'une vieille savate !

Deux ou trois fois l'an, père quittait son fauteuil préféré, un lazy-boy bourgogne qui dégageait une forte odeur d'homme – un mélange âcre de sueur, de tabac, d'eau de Cologne et d'urine –, il fourrait quelques effets dans une petite valise kaki et disparaissait pendant deux ou trois semaines. Parfois davantage.

Mère nous confiait alors : « Papa va dans le Delaware. »

Aux dires de mon frère Luc, le Delaware était une contrée lointaine, africaine ou exotique. On y élevait diverses espèces de singes rieurs, d'oiseaux de proie et de scarabées géants. Le Delaware était peuplé d'Indiens – de nations insoumises et donc, par définition, hostiles aux Blancs – qui se donnaient pour mission sacrée de préserver le secret des cimetières d'éléphants.

Père n'a jamais été trop sévère. Jamais il n'a levé la main sur nous. Mais son regard avait la dureté des glaces, la fixité des cordillères. Il s'accrochait à son fauteuil contre vents et marées, comme à une chaire du haut de laquelle il aurait pu, s'il l'avait voulu, absoudre le monde entier de sa misère et de sa crasse. Le moins qu'on puisse dire à son propos, c'est qu'il n'était pas très loquace. Nous n'avons même jamais pu deviner dans quelle langue notre père aurait pu s'exprimer si l'envie lui en était venue. Tout passait par les yeux, de la plus infime lueur de gratitude ou de plaisir jusqu'à l'éclair sombre de la lucidité et du désespoir. Tout par les yeux, sans possibilité de traduire ou d'interpréter quoi que ce soit. En outre, mère avait bien assez de bagout pour eux deux. En toutes circonstances, elle savait poser les bonnes questions et s'adresser les réponses appropriées. Les opinions de mère étaient bien connues de tout le monde : comme chacun de ses faits et gestes, elles étaient discutables. À l'entendre, le Delaware n'était qu'un sale trou perdu. Cela suffisait à la discréditer à nos yeux. Aussi, ses origines aristocratiques ne faisaient-elles aucun doute. Ses diatribes les plus virulentes visaient généralement un ancêtre négligent qui avait, disait-elle, égaré la particule. La rancune de mère à l'égard de cet être fantomatique était tenace. Je crois bien que la pensée de cette particule égarée provoquait en elle une quantité astronomique de cataclysmes intimes qui la tenaient éveillée toutes les nuits.

Père, de son côté, ne se souciait pas tellement de ses racines. La plupart du temps, il les laissait traîner sous son fauteuil avec une nonchalance tout à fait caractéristique ; ce qui, bien sûr, avait pour effet d'exacerber le ressentiment de mère à l'égard du monde entier et de notre famille en particulier. Si bien qu'un jour – je ne devais pas avoir plus de dix ans – notre mère a pris le mors aux dents. Elle s'est mise à galoper à travers champs comme une foutue Amazone, elle a enjambé la clôture du jardin en soulevant un énorme nuage de poussière. Elle ne fut bientôt plus qu'une tache minuscule à l'horizon et un mauvais souvenir.

Mais les mauvais souvenirs ont la couenne dure dans ce pays. Je sais de quoi je parle. Le Mauvais-souvenir-de-mère se révéla pugnace. Même que, si ça se trouve, il nous donna davantage de fil à retordre que Mère-en-personne. Il se faufilait dans les moindres recoins de notre demeure et prenait cet air hautain qui nous horripilait, la précieuse clé de la caverne d'Ali Baba toujours suspendue à son cou. Il n'y avait pas moyen de s'en débarrasser. La plupart du temps, il voletait dans la cuisine, mais il lui arrivait aussi de dériver lentement vers le salon. Père, dans son fauteuil, pouvait bien grogner, battre l'air de ses bras gigantesques comme pour chasser quelque moustique importun, le Mauvais-souvenir-de-mère n'en démordait pas. À la longue, cependant, nous avons apprécié sa qualité essentielle : le Mauvais-souvenir-de-mère était muet comme une porte de garage. Rien d'étonnant à cela, direz-vous : Mère-en-personne n'avait-elle pas épuisé toutes les invectives et tous les gros mots du dictionnaire ? Le Mauvais-souvenir-de-mère dut se contenter d'une voyelle ; le O, dont il usait, par ailleurs, avec parcimonie certains soirs de grands vents, de sorte que nous en vînmes bientôt à estimer notre nouvelle situation familiale à sa juste valeur.

N'empêche que le Mauvais-souvenir-de-mère nous mettait en boîte à tout coup. À la moindre incartade, nous étions bons pour une séance de placard.

Les séances de placard avaient l'heur de plaire à mon frère. Il y tenait comme à une espèce de gratification morbide et se montrait toujours prêt à rivaliser d'audace pour mériter un jour ou deux de captivité. Pour moi, les séances de placard ne furent jamais qu'un supplice ennuyeux. N'eût été la présence de Luc et sa mine réjouie chaque fois que ses bêtises nous méritaient l'enfermement, je pense que je me serais résigné à la mort beaucoup plus facilement.

L'évasion de Mère-en-personne, sa cavalcade effrénée à travers champs, provoqua une commotion sans précédent. Inutile de vous dire que père fut terriblement affecté. À tel point que mon frère et moi avions peine à le reconnaître : certains jours, il ressemblait à Humphrey Bogart dans une scène de *La Comtesse aux pieds nus ;* mais le plus souvent, on aurait dit Alexandre Sergueïevitch Pouchkine, l'arrière-petit-fils d'Hannibal, une heure après le duel qui lui coûta la vie. Un sac de peau. Vide. C'est vous dire…

Avec le temps, les racines de père s'enfouirent si profondément dans le sol que cela devint gênant.

Vivant désormais seuls avec lui, nous risquions fort, mon frère et moi, de mourir d'ennui. Alors forcément, on s'encrapulait le plus possible dans l'espoir que cela pourrait avoir quelque effet bénéfique sur le moral de père. Un jour, il eut un formidable accès de délinquance. Il faut dire que nous l'avions bien cherché. Il s'est arraché à son fauteuil et s'est précipité chez la veuve Bouchard. Il est entré chez elle sans frapper, a fermé le verrou derrière lui et là, Dieu sait ce qu'il lui a dit ou fait, mais vingt minutes plus tard il ressortait avec les clés de la Chevrolet décapotable de la vieille.

Il a dit : « Les enfants, on va dans le Delaware. »

J'étais l'aîné et je sais que je ne suis pas blanc comme neige dans cette histoire, mais là, j'ai eu des scrupules.

J'ai dit : « Papa, qu'est-ce que tu lui as fait, à la veuve Bouchard ? »

Il a fait un signe avec sa main, quelque chose d'assez suggestif.

– Il faut être pas mal tordu pour faire une chose pareille, Pa.

– De quoi tu te plains, fils ? On a les clés, non ?

C'est comme ça qu'on a fini par y aller, dans le Delaware.

C'était une belle journée ensoleillée de la fin août. Nous avons plié le toit de vinyle de la Chevrolet bleu ciel. Les ailerons de notre bolide, semblables à de puissants autopropulseurs, semblaient avoir été conçus tout spécialement pour notre lancement et notre mise en orbite imminente. Luc monopolisait déjà toute la banquette arrière tandis que je m'installais sur le siège avant. Nous avions tous conscience de vivre une expérience unique, de nous trouver au point de convergence exact de nos espoirs les plus fous. Nous savions que nous n'oublierions jamais ce moment de pure félicité et si nous avions encore des doutes quant à l'issue de ce voyage, nous estimions plus sage de les taire.

Le moteur de la Chevrolet démarra au quart de tour. Père appuya sur le champignon trois ou quatre fois, histoire de désencrasser le moteur ; il embraya et en avant toutes, nous étions partis pour la gloire !

– Vous allez voir, les gars ! Le Delaware, c'est pas le Pérou, mais c'est quand même une balade énorme !

J'ai cru qu'il faisait allusion au cimetière des éléphants.

– Et si on tombe sur des Indiens ?

– Ils ne sont pas bien méchants.

– Ils pourraient en vouloir à nos scalps.

– Ne craignez rien, je suis là. Et puis, les Delawares sont des hommes d'honneur, de vrais guerriers. Des scalps d'enfants, ça ne vaut pas grand-chose à leurs yeux.

Tandis que nous roulions, je me demandais si notre père pouvait être considéré comme un homme d'honneur et si son scalp aurait du prix aux yeux d'un guerrier delaware. Ces pensées me turlupinèrent pendant près d'une heure. À la fin, je décidai que dans l'éventualité d'une attaque, la calvitie de père lui vaudrait la vie sauve. Nous traverserions sans encombre le territoire des redoutables Delawares et à l'issue de ce périple nous découvririons le cimetière caché des éléphants. Nous foulerions ce sol sacré, nous déambulerions à travers une forêt d'ivoire, attentifs aux mystères émanant des restes épars de plusieurs générations d'éléphants solitaires venus de loin pour saluer leurs ancêtres et s'agenouiller près d'eux.

Je n'émergeais de ma rêverie que pour observer Luc. Il semblait entièrement absorbé dans la contemplation des paysages montagneux qui défilaient à toute allure, mais je le soupçonnais toujours de s'adonner à quelque sorcellerie inédite. Je n'aurais pas été étonné outre mesure de voir un ciel implacable se substituer à la chaussée ou d'assister à l'escamotage impromptu de larges tronçons d'autoroute. L'esprit de Luc pouvait bien, sans prévenir, nous propulser au-delà de ces montagnes ou modifier le cours du fleuve qui apparaissait furtivement sur notre droite. Il s'agissait, selon toute vraisemblance, d'une interminable coulée de métal liquide. Nous roulions sans prendre la peine de penser à la mort pourtant omniprésente : des chiens écrasés, des marmottes et même des carcasses de chevreuils balisaient notre route. Leurs cadavres desséchés, disséminés sur l'accotement, semblaient faire la joie des touristes. Mais c'étaient les escarpements rocheux et les caps érodés qui attiraient surtout notre attention. Ni le fleuve ni la mort n'étaient de taille à lutter contre eux. Ils exerçaient sur nous une réelle fascination parce qu'ils représentaient tout aussi bien la possible dureté du monde que les vestiges d'un chaos primordial dont nous pouvions nous accommoder. Le foisonnement des forêts rachetait, à nos yeux, la monotonie de la route. Mais c'est elle qui, à la fin, conjuguée peut-être aux effets du soleil et des vents de la côte, eut raison de moi. Je plongeai tête première dans un sommeil de plomb.

Luc m'a réveillé. Il me pinçait méchamment l'épaule avec ses ongles. Le paysage avait changé. Le fleuve, distant tout à l'heure, avalait maintenant les trois quarts de notre horizon. Il ne restait qu'une mince bande de terre à laquelle la route s'agrippait lâchement. Nous roulions toujours, imperturbables, et ce n'était déjà plus le fleuve, mais la mer. Insouciante et vague. Luc avait l'air troublé. Il me tendait un petit calepin dans lequel il avait consciencieusement noté le nom des villages que nous avions traversés pendant mon sommeil. Je lus : Betsiamites, Papinachois, Ragueneau, Ruisseau-Vert. Je ne saisissais pas. Je lui redonnai son calepin en haussant les épaules. Je l'exaspérais, mais que pouvais-je faire d'autre ? Mon frère gribouilla ces mots et me lança le satané calepin au visage : « Penses-tu que ça se peut des Papinachois dans le Delaware, pauvre cloche ! Moi je pense qu'on s'est fait avoir. » À quoi je répliquai : « Le père, il doit le savoir c'est où, le Delaware. C'est là qu'il a perdu sa virginité. »

– Qui t'a dit ça ?

– Mère-en-personne.

– Maudit menteur !

Père est intervenu juste au moment où Luc allait m'attraper par les cheveux, m'entraîner sur le siège arrière et me servir la raclée que je méritais. Père s'était rangé sur l'accotement et contemplait la mer. À vrai dire, il nous tenait l'un et l'autre au bout de ses bras magnanimes. Nous ne nous débattions pas, c'était inutile. N'importe qui nous aurait tout de suite pris pour deux fruits mûrs, fin prêts pour la cueillette et le pressoir. Deux minuscules grappes.

Père a dit :

– J'ai faim moi, pas vous ?

Nous avons donc roulé jusqu'à Baie-Comeau où le Roi de la Patate en personne nous fit un festin de hot dogs et de frites. C'est là, entre les murs préfabriqués de cette vénérable institution, que moi et mon frère avons abandonné nos rêves d'enfants et sommes devenus des adultes consentants. Dans notre esprit, cela voulait dire, grosso modo, renoncer à la caverne d'Ali Baba, au cimetière des éléphants, au Delaware et à ses Peaux-Rouges. Cela voulait dire aussi ne plus faire confiance à personne, à père encore moins qu'aux autres. Il nous avait bien eus. Devenir des adultes consentants exigeait encore que nous consentions à pas mal de choses, mais notre voyage ne faisait que commencer, alors je passe rapidement sur les détails.

Je pense que nous avons roulé très tard cette nuit-là. À un moment, il a fallu se résigner à installer le toit de vinyle parce que la Voie lactée aveuglait père. Il risquait à tout moment de s'y engager.

Ça nous était égal de savoir que nous n'atteindrions jamais le Delaware, pourvu que nous roulions. Nous finirions bien par arriver quelque part. Au Groenland ou à la mer Caspienne, dans les forêts du Mazandéran ou en plein cœur de Manhattan, qu'est-ce que ça pouvait nous faire, à mon frère et à moi ? Le cimetière des éléphants pouvait même apparaître là, en pleine forêt boréale : rien n'aurait pu nous surprendre.

Le ciel s'est couvert. Le vent s'est mis à souffler à l'aveuglette, charriant une odeur de varech qui trahissait la proximité du fleuve. Il n'y avait pas moyen de savoir où nous étions.

Père a garé la Chevrolet à l'arrière d'un hangar décrépit.

Luc dormait. Je redoutais donc le pire. C'est-à-dire quelque dérèglement nouveau et improbable du réel. Je fis semblant de dormir aussi, laissant siffler l'air entre mes dents de manière à imiter le ronflement d'une marmotte. Père a coupé le moteur et m'a observé longuement, juste pour me signaler qu'il n'était pas dupe de cette feinte.

De l'unique fenêtre de ce que j'avais d'abord pris pour un hangar sourdait une lumière ambrée. En tournant très légèrement la tête de côté, je pouvais apercevoir la silhouette d'une femme tenant une lampe à la main. Père me regarda à nouveau avec insistance pour m'indiquer, cette fois, que je ferais mieux de me tenir tranquille et de rester bien sagement dans la voiture jusqu'à son retour. Puis il est entré dans la cabane, comme toujours, sans frapper.

La femme a tiré le rideau et les repères ont disparu une fois de plus. J'entendis des rires animaux, de ceux qui jaillissent de ventres affamés et ne traduisent rien d'autre que la pure ivresse d'exister ou d'être deux. Des rires de femme aussi, gigantesques et qui roulaient comme des galets luisants dans la nuit souterraine et baveuse.

Je n'ai pu m'empêcher, alors, de craindre pour le scalp de père. Un homme de sa corpulence et de sa force pouvait sans aucun doute venir à bout d'une douzaine de valeureux guerriers delawares. Mais d'une femme ? Au corps à corps, les défenses de père présentaient de multiples brèches et je ne donnais pas cher de sa peau.

Mais la journée avait été longue, le voyage épuisant. Bientôt, je n'eus plus la force de feindre un sommeil qui me gagnait de toute façon et m'y laissai aller paisiblement. Toute la nuit s'engouffra en moi tel un fleuve d'oubli.

Tout irait bien.

La Chevrolet est garée sur la plage et la marée monte. Elle nous rejoint traîtreusement tandis que nous dormons. Le ressac nous entraîne peu à peu vers le large. Déjà notre vaisseau s'ébranle et pivote sur lui-même à la faveur d'une déferlante. Nous sommes sur le point de larguer les amarres et d'appareiller. Nous entreprenons un nouveau périple, au milieu des flots cette fois, séduits d'avance par cet océan capricieux, capable de nous ravir à la côte, de nous avaler promptement pour mieux nous recracher des milliers de kilomètres plus loin, sur le continent africain ou dans les îles Vierges. Qui sait ? À moins que le Delaware ne soit demeuré, pendant tout ce temps, notre unique chance de salut. Nous y accédons enfin, par les profondeurs océanes. C'est une Atlantide migrante, un joyau d'ivoire. Et Luc se réjouit de l'avoir découverte ainsi, rançonnée dans son écrin de sable, attendant peut-être que nous la délivrions.

Mais non. C'est nous qui sommes les otages de cette mer déchaînée. Comme si nous n'en avions pas assez sur les bras, l'orage est venu du large avec la marée. Magnifiques, les orages, à cette époque de l'année. Ils s'amènent sur la pointe des pieds. Le vent se met soudain à hurler comme un hystérique et tombe la pluie et s'abattent les éclairs. L'eau est noire et froide. Déjà, elle se déverse dans l'habitacle de la voiture et Luc dort toujours sur la banquette arrière, imperturbable. Il devra bientôt, très vite, apprendre à respirer sous l'eau ou se résoudre à ouvrir les yeux.

Nous dérivons toujours sur ce radeau de la Méduse et notre naufrage ne fait plus aucun doute, maintenant. Parfois, un éclair illumine le ciel et révèle le rivage qui s'éloigne. De là-bas, par intermittence, nous parvient la voix de père : « Revenez ! » crie-t-il, mais l'absurdité de cet ordre ne lui semble pas du tout évidente. « Revenez ! » rugit notre père, fou de colère, tandis que la marée nous entraîne inexorablement vers le large.

Luc se réveille et il est manifestement ravi de la tournure prise par les événements. Le voilà debout, son *triste cœur bave à la poupe* de notre vieille Chevrolet. Il se tient droit et fier face à la mer démontée et s'il me tourne le dos, je devine qu'il exhibe un sourire de contentement. Je sais que l'éventualité de notre disparition dans les eaux glacées du fleuve le divertit. Instinctivement, je me tourne vers la rive. La voix de père se fait impérative, plus furieuse que jamais et comme gonflée de désespoir : « Revenez ! Revenez ! »

Je l'aperçois à la faveur d'un éclair prolongé, d'une luminosité surnaturelle. Il vient vers nous. Il me semble qu'il marche à grandes enjambées sur les eaux tumultueuses. « Père a la foi, me suis-je alors dit, sinon, comment saurait-il que nous sommes en route pour le Delaware ? »

Tu serais mort
avant d'avoir marché sur l'eau
la pluie
te consolerait de tout

Père nous a presque rejoints maintenant et la pluie a cessé tout aussi mystérieusement qu'elle a commencé. Il s'est immobilisé à deux pas de la Chevrolet aux trois quarts immergée et il a joint les mains dans une attitude pieuse, laissant croire qu'il a abdiqué. Et c'est là, sous mes yeux, que dans un éclair aveuglant de vérité, mon père a été scalpé par la foudre.

Tu peux respirer
maintenant
l'éclair te cherche ici
comme si tu l'habitais

Je n'ai pas beaucoup d'emprise sur ce rêve décousu. Je me doute bien que mon frère s'en réserve la plus généreuse part, mais je sais surtout que je lui suis redevable de sa conclusion. La dernière chose dont je me souviens, c'est qu'au matin père est sorti de la cabane au bras d'une Indienne aux longs cheveux noirs. Et aussi de ses yeux caraïbes. Ceux de la femme.

Luc a murmuré : « C'est une squaw. » Mais père l'a entendu et il a rétorqué aussi sec : « Sois poli, morveux ! Elle est Montagnaise et c'est *la femme que j'aime*. »

Père s'est installé au volant de la Chevrolet décapotable et nous sommes repartis aux premières lueurs de l'aube, abandonnant *la femme que j'aime* sur la plage. Nous n'avons jamais remis les pieds à Uashat, sur la Côte-Nord, et le Delaware n'a jamais daigné nous révéler ses secrets.

Je savais que nous avions dépassé les bornes.

Ne vous l'ai-je pas déjà dit ? Mon frère Luc était dérangé. Au sens strictement proverbial du terme.

Vous voudriez savoir s'il pouvait faire la part des choses, différencier le bien du mal ? En somme, sa conscience le tourmentait-elle ? Je n'en ai jamais douté. Le remords occupait la plus vaste part de son âme. Toute celle que l'appétit n'accaparait déjà.

Je pense que sa démence était calculée. Non pas qu'il fût calculateur, ne vous méprenez pas. Il passait à l'acte avec une soudaineté proprement terrifiante, une impulsion que je qualifierais de vertigineuse. Il n'anticipait jamais. Les seules prémices consistaient en cette irrépressible volonté de sauvagerie gratuite. Par calcul, j'entends qu'il pressentait quelque beauté dans l'assouvissement de cet élan primitif. Il semblait s'être engagé dans la poursuite de tout ce qui lui permettrait de contredire son humanité, de la dédire ; de tout ce qui lui révélerait sa nature profonde : fauve ou chacal.

Cela commençait par une course effrénée dans la montagne. À la brunante, il allumait des feux. Plus d'une fois, je l'ai observé de loin. Les bêtes de la forêt venaient à lui, tels des papillons pressés de se consumer. Elles s'attroupaient aux abords de la clairière, dissimulées dans les buissons à la lisière du bois. On pouvait bientôt apercevoir leurs yeux brillants, rouge vif, cligner dans la nuit noire. Il y avait là des renards, des ratons laveurs, parfois même un chevreuil ; d'autres menues bestioles que l'on ne distinguait pas, mais dont on savait, à l'agitation et au bruissement des feuilles, qu'elles trépignaient d'impatience.

Luc, après être longtemps demeuré immobile, s'étirait langoureusement, se mettait sur ses pieds, puis exécutait une danse pesante et gourde autour du feu. Son pas mesuré résonnait comme si le ventre de la terre, à cet endroit précis, avait été creux. Affamé serait le mot juste.

Les bêtes observaient, fascinées. Une à une, elles se glissaient hors de la pénombre rassurante où je demeurais tapi et elles avançaient vers le feu. Il en sortait de partout, pêle-mêle et ne se souciant pas du tout les unes des autres, éblouies par les flammes et les mouvements amples et rythmés de Luc. Elles finissaient par s'agglutiner autour du brasier, pétrifiées de bonheur, attendant que mon frère les empoigne les unes après les autres pour les vider prestement de leur sang et s'en asperger de la tête aux pieds.

Heavy.

Combien de fois ai-je fait ce cauchemar absurde avant de me convaincre de son caractère prémonitoire ? Et combien de fois ai-je dû moi-même porter Luc sur mes épaules, ivre de sang chaud et de compassion pour ses dociles victimes ? Au matin, je retournais sur le lieu du carnage pour ensevelir les restes et effacer toutes traces de ce désordre.

Je vous assure que vous n'auriez jamais cru ça possible si vous l'aviez connu. De ces nuits déréglées et innommables, je fus l'unique témoin. Luc n'en conservait jamais que le vague souvenir d'être rentré très tard. Il ne s'expliqua jamais le dégoût profond que sa propre personne lui inspirait.

Je dirais que c'est en cela, surtout, qu'il était dérangé.

À sa manière, mon frère était équilibriste : il avait parfaitement intériorisé la nécessité de l'exil. Aperçu de loin, il pouvait passer pour un jeune homme comme les autres. Seule sa carrure un peu brute et sa crinière de barbare trahissaient ses origines mythiques, les longs séjours en forêt, l'isolement volontaire et obstiné, la fréquentation des sommets enneigés et des espaces sidéraux.

Je ne saurais dire à quel moment la poésie devint l'exutoire de son aliénation, ni même en quelle année furent composés ces courts poèmes, plus tard colligés et publiés par mes soins à titre posthume.

Non, sûrement pas ! À l'époque, rien ne laissait croire que Luc était décédé. Sa disparition ne signifiait pas grand-chose. En raison même de ses antécédents, Luc figurait depuis longtemps au palmarès des chers disparus les moins recherchés. Je dis *chers disparus* parce que c'est l'expression consacrée. Luc en aurait apprécié la teneur. Évoquer l'évanouissement ou l'escamotage plutôt que la suppression pure et simple. Une façon comme une autre d'honorer sa mémoire.

Tous les poèmes de Luc sur lesquels j'ai pu mettre la main ont été publiés dans un recueil intitulé : *Disappearance of a Charismatic Leader.*

C'est moi qui ai trouvé ce titre aussi ampoulé que captieux. Mais je vous l'ai déjà dit : je ne suis pas poète, moi ; alors ne me demandez surtout pas comment ça m'est venu. Je crois que mon frère aurait été très sensible à cette flagornerie. Sensible, en ce sens qu'elle l'eût hérissé, horripilé, humilié, lui eût donné de l'urticaire et qu'il eût sans doute éprouvé, à mon égard, un ressentiment légitime.

Selon sa propre expression, la poésie de Luc était
une hérésie
à laquelle participer
pourrait être bénéfique

BÉNÉFIQUE, adj. 1. ASTROL. ⇒ **favorable**. *Une planète bénéfique.*
2. COUR. Qui fait du bien. ⇒ **salutaire**.

L'atmosphère de *Disappearance of a Charismatic Leader* me paraissait lourde. Cela ne me disait rien qui vaille. J'y suffoquais. Tout se passait comme si j'avais eu conscience, dès le début, d'être la dupe d'un jeu savamment orchestré par Luc. Ces courts poèmes me fascinaient pourtant. J'y revenais sans cesse, comme à une drogue à l'emprise de laquelle j'aurais désiré succomber jusqu'à l'amnésie. Oui, j'étais disposé à le suivre partout. Mais que je sois amené à le chercher dans les méandres de ce délire empesté d'hermétisme portait à conséquence. Bien loin de me paraître bénéfique ou salutaire, cette démarche s'imposait à moi dans sa grandiloquente insalubrité.

c'est donc en proie
à une jouissance revêche
qu'ils te résistent

À l'époque, pourtant, tout cela me paraissait limpide. La poésie de Luc, griffonnée à la hâte à l'endos d'une boîte d'allumettes ou dans la marge d'un bouquin, gravée au couteau dans la chair du peuplier ou calligraphiée avec soin dans des carnets aux trois quarts dévorés par les flammes, je la comprenais. Sa façon à lui de se soustraire aux regards, de cultiver sa rébellion en silence. La solitude, cette ascèse obligée de la parole inhabitable. Je comprenais tout cela. Bien que Luc ne se soit jamais confié à moi. Il n'a jamais parlé de ces poèmes disséminés au fil des ans.

l'inscription de ton souffle
à la croisée de tous mes chemins
évoquera notre récompense

Était-ce uniquement dû au fait que mon frère en était l'auteur ? Et dans quelle mesure avais-je le choix ? Plus je les lisais, moins ils me parlaient. Le message de ces formules sacramentelles était pourtant des plus explicite : Luc avait seulement désiré que le jeu continue. Il avait délibérément semé ces poèmes, comme autant de cailloux poisseux ou de fruits empoisonnés, à seule fin de me savoir, une fois de plus, lancé à sa poursuite. Non plus à la recherche de son pauvre corps d'enfant chétif ou de sa carcasse efflanquée d'éternel adolescent, ni même d'un corps hypothétique d'adulte plus ou moins consentant. Non. Mais en quête de ce que son âme avait pu receler d'insoupçonné et d'unique.

Autant draguer le fond des océans !

Ce que je comprenais de Luc, l'unique certitude acquise à son sujet, tenait à cette solitude vindicative, à ce silence despotique qui semblait le satisfaire, voire l'amuser follement. J'ignore à quel moment, par quel avatar subit j'ai été compromis. Déjeté. Consciemment ou non, je me sentais contraint d'incarner une manière de contrepoids à la légèreté de mon frère. Je me leurrais de plus belle : la formidable densité du réel était bien plutôt de son côté. C'est elle qui le soulevait, le propulsait, l'autorisait à disparaître sans avoir à s'expliquer.

Notre esprit ne se résigne jamais à accepter la mort d'un être aimé. D'un bien-aimé. La vie peut s'écouler en l'absence de cet être, comme un filet de sang si ténu qu'on ne croit pas pouvoir s'y accrocher. Mais je vous assure qu'on s'y tient.

Lorsqu'il s'agit d'une disparition, comme ce fut le cas avec mon frère, ce sentiment devient intenable. La réapparition potentielle de notre *cher disparu* confine à l'obsession. À tout moment, on s'attend à le voir resurgir comme si de rien n'était, de la manière la plus inopinée. Au détour d'un rêve. Se retourner sur les passants, le soir. Même en plein jour. Le croiser cent fois. Crier son nom, bêtement, au milieu des rues désertes. Pouvoir le jurer, que c'est bien lui. Le même profil de corbeau, la même démarche altière.

les rencontres prévisibles seront les dernières
à risquer l'attentat

Avoir la certitude de mettre les pieds dans ses traces. Arpenter, quadriller méticuleusement des villes entières et, contre toute attente, une odeur ancienne, familière, recouvre l'air un moment. C'est déjà trop tard. Elle a passé sur vous dans un éblouissement.

si tu apparaissais
disons
là
ou quelques pas plus loin
tu saurais te reposer un moment
avant de me tourner le dos

Et il n'y a pas d'abri où courir. Nulle part où s'arrêter, mesurer le poids de l'absence ou l'épaisseur du sang. Il faut chercher, chercher. Scruter les visages les plus ignobles comme les plus beaux, les plus glorieux, les plus nobles. Extrapoler. Comment un tel visage a-t-il vieilli ? Et d'abord, comment aurait-il pu vieillir ? A-t-il simplement disparu tel quel, intact, recouvert d'une mince pellicule protectrice d'albâtre ou de sang séché ?

L'énigme de ces rêves offre une résistance idéale, presque charnelle. Vous entrebâillez des portes et pénétrez sans peur dans des régions où votre ombre hésite à vous suivre. Votre *cher disparu* vous y attend peut-être. Il n'a pas l'intention de vous retenir. Tout, dans ce regard patient et humble, vous le certifie : vous ne faites que passer.

Par un audacieux tour de prestidigitation, la petite clé d'ivoire de la caverne d'Ali Baba se retrouvait parfois entre nos mains. Transgressant l'interdit, nous pénétrions alors, mon frère et moi, dans l'antre resplendissant, fébriles et émus de notre propre hardiesse. Ce rêve ne représentait pas qu'un dernier recours. Il creusait en nous l'empreinte d'un mystère auquel nous savions répondre. Il arrivait qu'il se résume à cet acte de bravoure, mais le plus souvent, il se prolongeait indéfiniment en jeux fabuleux et inédits dont nous ne conservions, au réveil, qu'un souvenir extasié de contentement.

Plus rarement, notre rêve commun s'échafaudait en strates d'une densité surnaturelle. Chacune des étapes de ce voyage initiatique était prévisible. Cela commençait par la découverte inopinée d'une ouverture dissimulée dans un coin du placard de la chambre aux trésors. Luc ouvrait la minuscule trappe et nous glissions nos têtes dans l'orifice. Ce simple geste nous propulsait infailliblement dans le grenier. Notre étonnement était chaque fois renouvelé ; l'aisance avec laquelle nous traversions ce passage étroit nous stupéfiait.

Ce qui frappe d'abord les rêveurs, c'est l'immensité de ce grenier, ses allures de cathédrale délabrée, le silence étouffé que les craquements du plancher entament à peine. Même les toiles d'araignées donnent l'impression d'avoir été ajoutées après coup, peut-être par complaisance ou dans un extravagant souci d'authenticité. Il y a encore des jouets ici. Des jouets étranges, inutilisables dans leurs emballages défraîchis. Des jouets d'une autre époque, à venir peut-être, aux modes d'emploi incompréhensibles.

Le grenier pourrait devenir un piège légendaire. La dégradation du plancher de bois pourri s'aggrave à mesure que nous progressons vers l'arrière. La charpente montre elle aussi des signes de faiblesse et en certains endroits, les planches fléchissent dangereusement sous notre poids. Ailleurs, des trous béants semblent anticiper un faux pas.

Pour savourer pleinement les périls de ce rêve sournois, les dormeurs doivent persévérer au-delà de la zone dévastée. Le grenier figure alors un navire éventré et nous ne serions nullement étonnés de voir apparaître des poissons aux couleurs provocantes. Ils évolueraient avec aisance dans l'air raréfié du grenier. Mais l'obstination des rêveurs sera récompensée. Nous approchons de la fenêtre ovale. Il nous faut encore contourner ce piano déglingué, enjamber ce vieux coffre et prendre garde aux têtes de clous rouillées qui se dressent sur notre chemin avec un air de défi.

Nous y voilà. Une balustrade branlante nous permet de prendre pied près de la fenêtre. Il serait vain d'espérer revenir sur nos pas : le plancher se détériore à vue d'œil et nous avons endommagé les sections qui étaient encore viables à notre arrivée. C'est pourquoi nous nous tournons vers l'œil-de-bœuf, pressentant qu'il représente notre unique chance d'évasion. Mais il ne saurait être question de partir d'ici. Pas encore. Toute notre attention se concentre maintenant sur le paysage intransigeant qui s'étend là dehors. Un monde irréductible dont l'œil-de-bœuf du grenier serait l'unique accès. À ce stade, rien n'altère plus le sourire des dormeurs. Ils regardent et ce qu'ils voient les possède entièrement.

Un voile de brume, au loin, dissimule les collines que nous imaginons déjà d'un vert très tendre, assez moelleux pour relancer l'endormissement de nos sens. À mesure que la brume se lève, leur aguichante silhouette nous est révélée. Le soleil perce alors une brèche dans ce décor presque mythique et Luc pointe du doigt l'une des collines tout à coup embrasée de lumière.

– Tu vois, me souffle-t-il à l'oreille, quand on meurt, c'est là qu'il faut aller.

Sa voix angélique ne laisse planer aucun doute : « C'est là qu'il faut aller. » Alors j'observe, je m'arrache les yeux, je cherche à fixer en moi l'empreinte rugueuse de cette colline immortelle et de ses affleurements de granit. Je m'abreuve encore longtemps de ses ruisseaux, me rassasie de sa lumière ; encore un peu, je sentirais le frémissement de l'herbe sous mes pieds.

Je ne sais combien de fois nous avons fait ce rêve, Luc et moi. Il nous fallut des années rien que pour dénicher la petite trappe qui, de la caverne d'Ali Baba, permettait d'accéder au grenier. Des années encore avant que nous risquions quelques pas vers l'œil-de-bœuf et combien d'autres avant que la colline nous soit donnée à voir...

Pendant les mois où j'ai mené ma propre enquête sur la disparition de Luc, j'ai fait plusieurs fois ce rêve troublant. Je me trouve en pleine campagne, au pied d'une colline reconnaissable entre toutes. Oui, la même, celle qui émerge des brumes matinales et trône à l'horizon de nos rêves d'enfants.

Elle est là ! Elle me domine de toute son onirique splendeur. Il y a même un sentier, tout près, qui semble m'inviter. Saisi du fol espoir de retrouver Luc, je m'y engage et j'avance, le cœur battant, sans pouvoir admettre que si Luc se trouve là-haut, cela signifie qu'il est bel et bien mort. Sans même me rendre compte qu'il me faudra renoncer à la vie pour l'y retrouver. Je monte. Je ne réfléchis pas à ces choses insignifiantes que sont la vie, la mort et leurs cortèges de lieux communs. Je n'ai qu'une chose en tête, un seul objectif : me tenir debout, bien droit, sur ce sommet légendaire et attendre Luc s'il le faut et puisqu'il le faudra, l'attendre à l'encontre des subterfuges les plus prévisibles.

le même sentier
te dévisage

ne va pas croire
qu'il t'attendait

Mais j'ai été abusé : le sentier bifurque au bout de l'allée et me mène là où je ne désire pas revenir et d'où je ne saurai peut-être jamais repartir. Je voudrais crier, mais il me faut suivre cette pente avide et qui me désespère. Je m'éloigne alors de cette colline miraculeuse, chacune de mes foulées me condamne à cet irréparable sacrifice d'un frère que je n'aurais jamais eu, puisqu'il me serait possible de l'oublier.

si tu voulais
revenir sur tes pas
je pourrais faire des pieds
des mains
pour une dernière preuve de mépris

Je ne voulus plus. Mais il y eut plus tard cet autre rêve qui me fut imposé à répétition. Dans ce rêve, je marche dans les rues de Jasperville et je me tracasse inutilement pour cette clé volée ou perdue – mais ne serait-elle pas plutôt restée au grenier, au fond d'un vieux coffre ?

J'ai encore emprunté la ruelle et gravi les marches de l'escalier de pierre. Pour la millième fois. J'arrive devant la statue qui trône au milieu de la place. Cette statue qui me fait signe de m'arrêter, je crois la reconnaître. Elle fait de moi, maintenant, par ce signe entre nous, de moi aussi, provisoirement, une sta-tue. Cela me procure un sentiment de déjà vu si remarquable, si prenant qu'il semble dissimuler une perfection fugitive et souriante. Il y a aussi cette femme que je n'ai pas vue venir – elle porte un foulard bleu noué sur la tête –, elle me bouscule tandis que je regarde toujours, sans la voir, la statue dont la pose familière me révélera – à moi seul, j'en suis à présent convaincu – où se cache la petite clé d'ivoire de la caverne d'Ali Baba.

Je me suis tout de même retourné sur la passante au fou-lard. Peut-être à cause de cette clé qui m'obsède. Peut-être pas. Arrivée au bas des marches, la femme se tourne vers moi et sourit. Je ne sais plus du tout pourquoi, quand elle a passé près de moi, je lui ai murmuré à l'oreille : « Vous êtes bien plus jeune que moi. Tant mieux pour vous. » Je ne sais pas ce qui m'a pris. De toute façon, ces mots balbutiés comme de veules excuses, ces mots perdent leur sens aussitôt prononcés. Cette femme n'a pas d'âge. De toute évidence, cette femme sans âge qui m'a souri sans raison, avec son foulard bleu joliment noué sur la tête, ne m'a même jamais bousculé. Après tout, elle a peut-être touché mon bras intentionnellement, soit pour me plonger plus profondément encore dans la vision de cette statue qui, désormais, s'anime au milieu de la place – c'est pour nous, uniquement pour nous qu'elle s'anime, je le sais – soit, au contraire, pour m'arracher à cette vision. M'affranchir de cette obsession ridicule.

La place est désormais déserte. Le piédestal demeure vacant. Et cette femme aimée, sans doute aimée, bien aimée, enlève maintenant son foulard, découvrant un crâne remarquablement lisse. Elle dénoue gracieusement son joli foulard bleu avant de l'abandonner aux caprices du vent.

« Aucun passe-droit. Aucune échappée possible. Ce sera notre urgence. »

Je sais maintenant, par toutes les aspérités de mon âme, que ces mots ont été prononcés. Peut-être par moi. Peut-être par cette femme disparue subitement, mais dont le foulard voltige toujours sur la place. Puis une prémonition (non, une certitude) : la clé d'ivoire ne serait pas perdue, ne pourrait l'être. Serait quelque part. Entre elle et moi. Quelque part en nous.

Alors d'un coup la mémoire de cette femme me revient.

Je me souviens de l'urgence qui m'a saisi, vingt ans plus tôt, à la sortie d'un bistro. J'avais renversé quelques chaises dans ma précipitation soudaine et inexpliquée, j'étais sorti sans même payer l'addition. Je me souviens encore d'avoir couru, emporté par cette pulsion, d'avoir gravi l'escalier de pierre, celui-là même, jusqu'à cette place, et de l'avoir traversée, cette place, non plus baignée comme aujourd'hui d'une lumière anténatale, mais enveloppée d'une nuit sans relief.

La même urgence préside au rêve. La même. Tout se passe exactement comme si j'avais rêvé ma vie avec vingt ans d'avance.

Il me faut alors sauter dans cet autobus, là-bas, qui va bientôt tourner au coin de la rue et disparaître. Ce geste essentiel – sauter dans un bus en marche –, je l'exécute avec l'assurance tranquille d'un cascadeur expérimenté. Parce qu'il le faut.

« Aucun passe-droit. Aucune échappée possible. Ce sera notre urgence. »

Debout à l'avant du bus, j'interroge maintenant les visages d'une quarantaine d'enfants qui chahutent. Je les observe avec avidité. Alors, de ce sentiment d'urgence, je glisse peu à peu vers la panique. Je sais que je ne la retrouverai pas, que le temps joue contre moi. Le temps a toujours joué contre moi. Toujours.

Je la reconnaîtrais, pourtant, si je l'apercevais. C'est pourquoi j'avance lentement vers l'arrière de l'autobus, scrutant un à un les visages de ces enfants qui grandiront, seront médecins, avocats, manœuvres, ménagères ou fiers-à-bras. Je n'ai qu'à les observer un bref instant pour voir défiler leurs vies et assister, impuissant, à la déchéance de chacun d'eux. Un désespoir plus grand que nature s'empare alors de moi et je me surprends une fois de plus à douter. De tout. De la petite clé d'ivoire de la caverne d'Ali Baba. De mes visions. De l'urgence même qui me pousse. Tant de perfection serait irrémédiablement perdue ?

C'est alors que je la vois ! C'est bien elle. Le mince tracé des lèvres, une peau translucide, un visage si pur que je dois me retenir de crier. Elle est assise au fond du bus, tranquille, attentive. Elle me regarde et ce regard-là demeure à jamais posé sur moi comme une réponse indéchiffrable.

Je la vois enfin et, tout aussi sûrement que je la vois, je m'en éloigne parce que la lourde main du chauffeur m'a agrippé au collet et me traîne en direction de la porte.

Bientôt, je m'affale sur le trottoir et l'autobus s'éloigne en silence dans un nuage de fumée noire, mais la jeune fille a dénoué son joli foulard bleu et, de la fenêtre du véhicule, l'a laissé s'envoler.

Je sais que je n'ai pas rêvé.

Des rêves. C'est idiot peut-être. Des rêves sans conséquence. Mais j'ai tendance à croire que c'est leur persistance presque malveillante qui a tout déclenché.

Imaginez un instant que je ne sais plus qui je suis, où je me trouve, ni même d'où je viens. Imaginez que c'est le dernier de mes soucis et que je ne souhaite rien tant que m'étendre là, sous cette table, et dormir. Mieux : imaginez que je sais parfaitement qui je suis, où je me trouve, d'où je viens et ne souhaite rien tant que m'étendre là, sous cette table, et dormir ! Supposez maintenant que ce soit mon tour de vous imaginer, de vous rêver dans toute votre splendeur. Je vous veux brutaux et impitoyables. Que vous m'arrachiez à ces songes têtus pour me soutirer l'aveu de ma profonde inanité.

Il me faut refaire le plein d'images à toute vitesse, car le lit attend, les draps supplient et je ne sais plus résister au sommeil. Ça me fait peur. Comment retarderais-je un tant soit peu le moment de ma mort, magnifiquement imprévisible, si je suis impuissant à repousser le sommeil ? Ce n'est pas que je craigne de ne jamais m'éveiller, car je reviens toujours de ces voyages harassants, ces escapades abruptes. Ce qui me terrifie, c'est justement d'en revenir chaque fois plus fatigué. Vidé au-delà de toute expression. Et de n'avoir qu'une envie sitôt que j'ouvre les yeux : laisser doucement retomber ces paupières d'un poids formidable et renouer avec la pénombre, le silence, les atmosphères glauques et les rêves informes.

Dans cet autre rêve – c'est vrai qu'ils se ressemblent tous, c'est une forêt de miroirs – je cours dans les rues de Jasperville. Toujours les mêmes rues poreuses. Les murs des vieilles maisons de pierre s'activent sous l'impulsion motrice de mécanismes complexes dissimulés par les façades humides et les volets clos. Je dévale ces rues, retenant mon cri, ravalant toute velléité d'évasion, jusqu'à un édifice vétuste. Un théâtre de la cruauté dont les rouages immenses menaceraient de broyer les spectateurs imprudents.

J'entre et me souviens avec effort : Luc apparaîtrait de nouveau sur la scène délabrée. Tout se passerait comme si nous nous étions quittés la veille. C'est-à-dire que nous aurions l'un pour l'autre ce relent d'affection maladroite qui ne nous permettrait pas de nous rapprocher ou de nous abandonner dans les bras l'un de l'autre. Les cheveux de mon frère auraient poussé de façon anarchique. Ce serait une interminable cascade argentée dans laquelle il pourrait, d'un instant à l'autre, se draper et disparaître de nouveau. Mais il n'en fera rien. Il avance sur la scène mal éclairée de ce théâtre arrache-cœur. Sa chevelure d'immortel captive la lumière chétive et la diffracte en milliers d'arcs-en-ciel qui scintillent jusqu'au fond de la salle. Où j'attends. Un autre signe de mon frère qui ne me serait pas destiné. S'envolerait autour de la terre pour me revenir chargé de nouveaux symboles inutilisables. Comme ce splendide piano de concert venu d'aussi loin que la Sibérie orientale qui accourt vers lui et se pose sur la scène en douceur, avec résignation. Le fauve saurait piaffer d'impatience si son maître le lui permettait ; mais il attend. C'est alors seulement que Luc se tourne vers le fond de la salle et m'appelle. J'ai toujours su ce que mon frère attendait de moi : il me faudra maintenant entrer dans ce piano et y demeurer à jamais.

Au début, l'instrument semble rétif. Je dois profiter d'un moment d'inattention de la fabuleuse bête noire et luisante pour me glisser à l'intérieur.

Les poèmes de Luc s'y trouvent déjà. Ils jonchent l'intérieur du piano dans un désordre rigoureux. Pour l'instant, ils se tiennent tranquilles. À vrai dire, il se pourrait qu'ils se soient endormis. Mais à leur réveil, les poèmes seront irascibles et je sais qu'il me faudra d'abord les classer, leur assigner un rang, une préséance, établir une hiérarchie dans tout ce fatras. Je sais surtout que la poésie de Luc sera ma seule nourriture tout au long de ma captivité.

Dans les premiers temps, le piano aura tendance à se cabrer, il se contorsionnera de son mieux pour régurgiter ce corps étranger : Mathieu Arbour. Après les premières ruades, je me serai aménagé un espace plus serein, retranché entre la table de résonance et le barrage. À moins que je ne me sois emmêlé dans les cordes et sois soumis à l'incessant va-et-vient des marteaux et des étouffoirs. Car Luc se sera mis à jouer une fugue. Et il jouera sans égard à ma présence dans le ventre du piano. Sa musique n'en souffrira pas outre mesure. Elle s'accordera aux voix multiples qui, des entrailles même de l'instrument, scanderont sa poésie. Ma voix. Celle de milliers d'autres démunis et laissés pour compte rassemblés pour l'occasion.

Quant à moi, tout au long de ce rêve, je persiste à croire qu'il me suffirait de fermer les yeux encore un moment pour qu'il se résorbe. Je m'éveillerais en proie à un léger vertige, la tête emplie de la musique de mon frère et mon quotidien, comme celui de Jonas – oui, le Jonas de la Bible –, se meublerait dès lors d'une infinité de menus faits et gestes destinés à assurer ma survie dans les entrailles du monstre.

la rupture du ciel

N'étais-je pas son frère ?

N'était-ce pas moi que les autorités prévenaient systéma-
tiquement chaque fois que Luc était en proie à une nouvelle
crise ? Combien de ces fugues insensées et soudaines mon frère
m'imposa-t-il ? J'ai perdu le compte. Durant le seul hiver 1977,
j'ai dû le sortir d'un asile d'aliénés, trois hôtels miteux et deux
postes de police. Le téléphone pouvait sonner à toute heure du
jour ou de la nuit.

– Mathieu Arbour ?

– C'est moi.

– Quels sont vos liens avec un dénommé Luc Arbour ?

– C'est mon frère. Où est-il ?

– M. Arbour, ici le lieutenant Dubreuil de la Sûreté du
Québec. Votre frère va bien. Nos agents l'ont recueilli vers
quatre heures ce matin sur la route 138 à une vingtaine de kilomètres de Saint-Siméon. Il déambulait pratiquement nu et paraissait assez confus. Nous le garderons en détention préventive
jusqu'à ce que vous puissiez venir le chercher.

– J'arrive tout de suite.

– Est-il actuellement sous médication ?

– Non, pas à ma connaissance.

– Il serait sans doute plus sage de consulter, M. Arbour,
votre frère a besoin d'aide.

Plus sage de consulter ! Ils ne savaient dire que ça.
Consultez ! Consultez ! À quoi bon, je vous le demande. Ces

psychiatres ! Tous des fumistes. Luc n'avait rien d'un schizo-
phrène. Il était simplement en route pour le Delaware, une fois
de plus. À la recherche du cimetière sacré des éléphants. Vous
ne pouvez pas comprendre.

Cet hiver-là, je suis allé le chercher à Saint-Siméon, à
Dolbeau, aux Trois-Pistoles, une fois même à Sudbury. On le
gavait de tranquillisants, on le laissait pourrir en cellule jusqu'à
mon arrivée, comme un vulgaire criminel ! Luc n'a jamais rien
fait de répréhensible. Il en était bien incapable, quoi qu'on ait
pu dire à son sujet.

Pendant le chemin du retour, mon frère retrouvait peu à peu
ses esprits.

– Je l'ai encore fait ?
– Oui.
– Tu n'es pas fâché contre moi ?
– Ne dis donc pas de niaiseries.
– Je sais que c'est mal, Mathieu.
– Tais-toi. Tout ira bien.

Puis, de longs silences, pendant lesquels, peut-être, nous ima-
ginions, chacun pour soi, ce qu'aurait pu signifier ce voyage si
père avait été là pour nous guider. Père ou Mère-en-personne.
N'importe qui. Même *la femme que j'aime* aurait peut-être pu
faire quelque chose pour nous. Mais nous étions seuls, mon frère
et moi, et à bien y penser, c'était mieux comme ça.

– Mathieu ?
– Quoi encore ?
– Je ne les ai pas trouvés.
– Je sais, Luc, je sais. Dors maintenant. Tout ira bien. On a
une longue route à faire.

C'était en juin 1978.

Luc venait d'avoir vingt ans. C'est exact.

Il s'est présenté un matin à l'usine où je débutais comme chef de service et où j'aurais pu facilement lui dénicher un emploi de manutentionnaire. Le genre de boulot qui ne paye pas de mine au début, mais bon... Avec le temps, à la faveur de ma propre ascension, Luc aurait pu se tailler une place enviable au sein de l'entreprise. Il avait d'autres ambitions. Il a débarqué dans mon bureau harnaché d'un sac à dos, un sourire énigmatique aux lèvres, et il m'a lancé :

– Ça y est, cette fois c'est pour de bon ! Je pars pour le Delaware !

Je n'ai pas argumenté, c'était peine perdue. Nous nous sommes embrassés comme des frères se doivent de le faire à l'heure des adieux, les yeux secs.

Je lui ai filé cent dollars et il est parti sans se retourner. La porte se refermait déjà sur ses talons quand je lui ai lancé une petite phrase affectueuse du genre : « Tâche d'écrire à Noël ! » Il n'a pas pu m'entendre.

Je ne l'ai jamais revu.

Luc n'est pas allé plus loin que Jasperville, un trou perdu des Cantons de l'Est où, je l'ai appris plus tard, sévit une université anglophone de réputation internationale.

Jamais revu.

Il m'a pourtant écrit.

Dans la première de ces lettres écrites à l'emporte-pièce, Luc parlait d'une pension miteuse tenue par une vieille Anglaise pour le moins accaparante : Miss Goodfellow, facilement reconnaissable à son attirance pour les jeunes étalons et à l'insatiable appétit de sa vulve flétrie. Il doit avoir habité la pension Goodfellow pendant quelques mois avant de faire la connaissance d'un astrologue polonais, un dénommé Stephen Galaczy, personnage singulier qui me sembla lui avoir fait une forte impression.

Me parvinrent alors, à intervalles irréguliers, des lettres tout aussi exaltées qu'illisibles dans lesquelles mon frère s'étendait longuement sur les mérites de ses nouveaux amis. Stephen Galaczy, Charles Godin, l'enivrante Nadia, en tout, six ou sept jeunes illuminés vivaient à Jasperville, un peu en marge de la vie universitaire. Ils s'adonnaient aux drogues les plus diverses, prônaient l'amour libre et poursuivaient une espèce de quête pseudo-mystique à laquelle, je dois l'admettre, je n'ai jamais rien compris. L'*Inabsoluble Quête*, telle que me la décrivit mon frère Luc, devait lui permettre d'atteindre enfin le Delaware et, qui sait, peut-être même de découvrir le cimetière sacré des éléphants...

Ce projet périlleux impliquait l'absorption d'un puissant psychotrope, le datura, que Luc appelait indifféremment l'*Herbe du Diable* ou le tabac pour l'asthme. Bien sûr, à l'époque, toutes ces élucubrations sur l'expérimentation de nouvelles drogues et les voyages initiatiques n'avaient rien d'original. Luc, son gourou polonais et leur petite tribu d'illuminés étaient bien les seuls à se croire embarqués dans une aventure singulière. Leur trip de dope un peu rétro s'avérait plutôt d'une écœurante banalité. Ingurgiter cette saloperie d'Herbe du Diable était à la portée de tout le monde et de n'importe qui. Il fallait être déjà pas mal givré pour s'imaginer que ce truc vous faisait pousser des ailes ou vous ouvrait les portes du cosmos ! Et dieu sait de quelle autre lubie ces jeunes fous étaient encore capables.

Il y avait bien quelque chose d'attendrissant dans cette frénésie. Une touche de romantisme. Un spleen assez contemporain. Plutôt cool. Il ne m'était pas si difficile d'imaginer mon frère vivant un peu en marge de cette bande. Luc ne s'était jamais senti à sa place où que ce soit, à l'aise en compagnie de quiconque ; mais je concevais qu'il ait pu trouver un peu de réconfort à se fondre au sein d'un groupe si bien soudé. La tribu l'avait adopté, m'écrivait-il naïvement. Elle représentait la famille qu'il n'avait jamais eue, la possibilité de révéler librement sa véritable nature, l'absence totale de préjugés, l'illusion d'avoir enfin prise sur sa destinée. Tout ce qui, pour d'obscurs motifs, avait paru lui manquer.

Et pourtant...

N'étais-je pas, moi, sa seule famille ? Cela depuis toujours. Et même bien avant !

Je sais bien ce que vous pensez : « Encore un authentique Roger, réactionnaire à souhait, complètement imperméable à l'idée que le monde ne tourne pas précisément de la manière qu'il imagine. » Vous vous trompez. Simplement, je connaissais mon frère mieux que quiconque ; et cette connaissance (cette reconnaissance, devrais-je dire), aussi partielle et fragmentaire qu'elle ait été, m'autorisait au moins à croire qu'il courait au-devant d'un grave danger. Celui de se sous-estimer. La lecture de ses lettres a eu tôt fait de m'en convaincre : Luc était obnubilé par Galaczy. Totalement sous l'emprise de ce type.

Je me tue à vous le répéter : Luc n'avait pas conscience de son propre charisme. Et dieu sait qu'il aurait pu devenir quelqu'un. Je veux dire, accomplir quelque chose d'important, de déterminant pour l'avenir de l'humanité. Comme quoi ?

Qu'est-ce que j'en sais ? Tenez, vous n'avez qu'à regarder les photos ! Qu'en pensez-vous ? Un type mange les pissenlits par la racine pendant près de vingt ans et voilà le résultat ! Imaginez un instant qu'il ait vécu, mon frère ! Imaginez, je ne sais pas moi, qu'au lieu de tomber sur cette ordure de Galaczy et sa bande de dégénérés, il y soit enfin allé, dans le Delaware. Que ses yeux se soient dessillés et qu'au lieu de ce gaillard taciturne toujours plongé dans ses foutus bouquins, il soit devenu le leader charismatique que j'avais pressenti en lui dès l'enfance ? Vous ne me croyez pas ? Mais observez-les bien, ces clichés. Regardez-les encore et dites-moi que j'invente ! Bien sûr, vous avez une armée d'experts, tous diplômés de la branlette cérébrale, qui certifieront, preuves à l'appui, que ce n'est pas possible (ou plus subtilement, tenteront de démontrer l'absence de lien de causalité). Mais vos liens de causalité, vous pouvez les rouler très finement et vous les insérer profondément, car les faits parlent d'eux-mêmes : le visage de la fille est intact.

IN – TA - CT…

La dernière fois que j'ai parlé à mon frère, c'était au télé-phone, au beau milieu de la nuit. Il m'appelait de cette petite ville universitaire des Cantons de l'Est dont j'ai déjà parlé... Jasperville, c'est ça. Près de la frontière américaine.

J'ai tout de suite pensé à une mauvaise blague parce que nous étions le premier avril. Sa voix semblait altérée, comme si un cri lui était resté en travers de la gorge. Non, il ne me parut ni déprimé ni confus. Certainement pas désespéré.

Je me souviens qu'il a demandé des nouvelles de Tahéré, des enfants – mais qu'est-ce que ça pouvait lui faire ? –, et qu'il n'a pas non plus daigné répondre quand je l'ai questionné sur sa santé.

Avait-il besoin d'argent ? Non.

Pourquoi ne m'écrivait-il plus ?

Avait-il des ennuis ? Non, non.

Alors quoi ?

J'ai bien failli raccrocher quand il a mentionné la fille.

– Tu sais bien, je t'ai parlé d'elle dans mes lettres. Elle s'ap-pelle Nadia.

– Dis donc, tu sais qu'il est trois heures du matin. Ça ne pouvait pas attendre à demain ?

Ça ne pouvait pas.

Oui, je me souvenais de Nadia, bien sûr. C'était l'artiste de la bande, celle qui peignait des paysages étranges peuplés de créatures invraisemblables sorties d'un conte de fées. Des Enfants-Lumière, écrivait Luc. Et il me racontait, par bribes, les péripéties de ces êtres de légende avec une telle ardeur qu'on aurait dit qu'il y croyait, qu'il se trouvait sous l'emprise d'un charme puissant, irrésistible.

Mon frère soupirait après cette sorcière depuis des mois. « Elle en aime un autre », disait-il, et cela me faisait sourire parce que c'était la preuve qu'il éprouvait, lui aussi – et bien qu'il s'en défende – des sentiments humains.

Luc malheureux en amour ! Cela paraissait si incongru que je dus me retenir pour ne pas pouffer quand il a ajouté :

– On l'a fait hier.

– Vous avez fait quoi ?

– Elle porte un enfant de moi, Mathieu. Un Enfant-Lumière.

Comment aurais-je dû réagir ? Y aller d'un grand éclat de rire ? Le cœur n'y était pas. Suggérer qu'il cesse de prendre ses rêves pour la réalité ? Franchement, que pouvais-je lui dire à ce grand navet ! Vingt et un ans et pas un milligramme de plomb dans la tête !

– Dis donc, tu vas peut-être un peu vite, là, tu ne crois pas ? Vous l'avez fait. Bon, je veux bien. Tant mieux pour vous, les enfants ! Il est quand même un peu tôt pour offrir les cigares, non ? Et pour ce qui est de l'efficacité du traitement, je te signale qu'il faut attendre quelques semaines avant d'être fixé. Et puis d'abord, tu es bien certain qu'elle est majeure, cette fille ?

– Je te dis qu'elle est enceinte de moi.

– ...

– Je l'ai *vu*.

Là, je ne me suis plus moqué. Si mon frère l'avait *vu*, on pouvait s'attendre à tout. À n'importe quoi. Il l'avait *vu*. Fin de la discussion. Luc avait toujours *vu juste*.

– Qu'allez-vous faire ?

– Rien. Je tenais seulement à ce que tu le saches. Bonne nuit, Mathieu.

Et il a raccroché.

Après ça, silence radio. Brouillage des ondes. Vous n'imaginez pas ce que j'ai enduré. Des mois, des années dans l'attente d'un autre appel, d'une lettre, d'un signe de vie. La désespérante expectative, vous saisissez ? C'est ça qui vous ronge par en dedans aussi efficacement qu'une grosse boulette de plutonium fissible.

Je n'étais plus du tout certain qu'il ait dit : « Bonne nuit, Mathieu. » C'est un détail idiot. Mais pendant longtemps, j'ai cru me souvenir qu'il l'avait dit. Puis, je me suis mis à en douter. Et curieusement, tout se passait comme si cette banale incertitude remettait toute notre conversation en question. J'en vins à me demander si ce coup de téléphone de mon frère m'avait réveillé cette nuit-là ou si je n'avais pas plutôt rêvé. Je m'étais engagé sur une voie compromettante. Si cette conversation téléphonique avec mon frère était une hallucination, l'existence même de Luc s'avérerait bientôt aléatoire, voire improbable.

Ne riez pas. Vous ne savez jamais quand ça vous tombe dessus. Je suis resté sans nouvelles de lui pendant presque vingt ans.

À une certaine époque, il m'a fallu écrire ces lettres absurdes à seule fin de me convaincre de son existence. Je les adressais à un frère vivant, bien portant, bien en chair, un frère tout ce qu'il y a de plus objectif. Et je concède que si cette thérapie ne m'a pas guéri, elle m'a sans doute évité de sombrer dans la démence.

Luc, mon cher frère,

J'ai consacré les dernières heures à t'écrire cette lettre, mentalement surtout, mais à haute voix aussi, errant de la chambre au salon, déclamant comme un parfait imbécile ces pensées encombrantes que je t'adressais et qui maintenant que je me suis emparé d'un stylo, me résistent avec opiniâtreté.

Bien. Nous ne parlerons plus du passé. Privé du souffle élémentaire de la parole, il s'étendra sur le sol battu de la cambuse, là, près du poêle, avec les chiots aveugles et assommés de fidélité. Le passé attendra. Longtemps. L'illumination.

Bien. Je ne serai plus à l'endos des cartes postales ce timbré terrible de solitude. Le rabat-joie, l'abat-jour. Je n'aurai plus que la lumière des songes pour calmer la brûlure. Que l'éclair se retire avant d'avoir renié son feu ne change rien à l'issue, si c'est la mort qui te préfère. Cette émotion, enchâssée en nous dès l'origine, nous dispensera tous deux des rites de purification.

Voilà.

Il y a le petit bureau sombre auquel je m'agrippe en désespoir de cause. La bibliothèque surchargée où les livres attendent sans passion. Les murs, couverts de tableaux, penchent dangereusement vers le milieu de la pièce qui menace de s'effondrer. Les statuettes aztèques, bien alignées sur le bord de la fenêtre, n'ont jamais rien vu de tel. L'ouverture du store aura permis ce répit, cette mince coulée de lumière. Dehors, c'est-à-dire à quelques centimètres d'ici, il fait −26° C. Et cela se

*répand. C'est l'une de ces nuits où les remarques les plus ano-
dines révèlent la nature profondément tragique de ces faits
divers que sont nos vies.*

*Tu es parti bien tôt. Vingt-deux ans. Est-ce là ce qui fait ta
force, à toi ? Ce formidable raccourci du destin. Tout juste le
temps de faire quelques bêtises, de chambarder l'ordre du réel
en y introduisant une dose infinitésimale de folie. Le temps de
devenir un homme et d'engrosser cette fille. Je sais, tu désap-
prouves cette façon de parler d'elle – mais c'est bien ce que tu
as fait, pas vrai ? N'ayons pas peur des mots ; tu l'as tout
bêtement engrossée, Luc. Je ne sais pas pourquoi, d'ailleurs.
Tu ne lui étais rien. Rien ni personne. Une passade.*

*Je ne sais quel réflexe encombrant de lâcheté, quelle vel-
léité d'affection provoque l'apparition de ton image chaque fois
que mon univers menace de chavirer. Continents engloutis.
Dislocations et dérives des plaques tectoniques de l'insensibi-
lité à laquelle je dois d'être encore sain d'esprit. Chaque fois,
c'est vers toi qu'instinctivement je me tourne, Luc. Nouvelle
énigme. Je dis : ton image, celle qui m'est restée, blafarde, et
qui ne saurait avoir la moindre ressemblance avec l'homme
que tu serais sans doute devenu. Et qui me serait étranger. Avec,
oui, peut-être, un air de famille. Un soupçon de complicité mal
assimilée.*

*Je ne sais plus très bien de quoi je voulais t'entretenir.
D'amitié, peut-être. Ou de fraternité. J'ai écrit, plus haut :
l'homme que tu serais sans doute devenu ; et cette expression,
à elle seule, offerte dans sa nudité naïve et impénétrable, aurait
son corollaire obligé, sa contrepartie : l'homme que je suis
devenu. Ces deux propositions ne nous auraient-elles pas paru
absurdes, il y a trente ans ?*

*Je n'ai eu que trop peu d'occasions d'agir en frère à ton
égard, Luc...*

Tout serait tellement plus simple si je me donnais la peine de t'expliquer ce qui m'arrive ces jours-ci. Je me garderai bien de le faire, rassure-toi. Je suis toujours, bien sûr, de ceux qui croient en l'incorruptibilité des liens familiaux, qui estiment que des frères demeurent solidaires et unis bien au-delà des distances galactiques et des ravages du temps. Je suis toujours de ceux qui, certaines nuits de mémorable lucidité, maudissent leur naïveté.

À l'époque, j'attendais tes lettres avec impatience. Ces messages cryptés qui – j'avoue l'avoir cru pendant toutes ces années – m'étaient destinés, je les recevais avec un sentiment d'exclusivité, comme autant de primeurs que tu me réservais. Des centaines de relectures plus tard, j'ai compris l'énormité de ma méprise : Nadia avait toujours été l'unique destinataire de ces missives lapidaires.

le courrier s'accumule
les paumes usées
naissent à la rive
avec des gestes brusques
les arbres affûtent
un ciel ingrat

J'ai désiré voir cette fille. Cette déesse, à t'en croire. Comprendre ce qui t'avait séduit en elle, charmé au point de... Tu n'as plus donné signe de vie pendant des mois, Luc, et j'ai tout de suite su qu'elle y était pour quelque chose. Oui, je dois l'admettre, j'ai immédiatement pressenti la conspiratrice en elle, la voleuse. Et je l'ai traquée. Comme tu l'aurais peut-être fait toi-même. Je les ai pourchassés, tous : Nadia, l'enfant, les deux autres aussi, Charles Godin et Stephen Galaczy. Une belle paire de salauds, ceux-là. Tu vas voir. Je sais y faire avec ce genre d'oiseaux. Ils sont bien mûrs pour la grande première. Le coup de théâtre. Tous deux aux premières loges. Toi aussi, ne crains rien ! Tout cela te revient de plein droit. En mémoire du bon vieux temps, des séances de placard et des expéditions dans le Delaware à la recherche du cimetière sacré des éléphants ! En mémoire du Mauvais-souvenir-de-mère et de la femme que j'aime. *Et parce que tu me manques infiniment.*

Vous voudriez bien savoir comment un type dans mon genre a pu se retrouver au cœur d'une machination aussi tordue ? Comment, avec un profil aussi *straight*, ai-je bien pu m'imposer dans ce milieu, tirer les bonnes ficelles, établir tous ces contacts ?

Je me suis fait violence. Voilà tout. Il le fallait. Voyez-vous, nous naissons tous avec une mission. Le destin, la vocation, appelez ça comme vous voudrez. J'ai ma théorie là-dessus. Je sais bien que tout ça vous dépasse, mais vous n'allez pas tarder à comprendre.

La justice a peut-être le bras long, mais la pègre iranienne n'est pas manchote pour autant. La dernière fois que la filière iranienne a été infiltrée par nos distinguées polices montées, les blaireaux du service de renseignement n'avaient pas précisé que la majorité des Iraniens, bien que musulmans, appartiennent à la branche chiite de l'Islam. *Big mistake, boys !* Ils leur ont envoyé un sunnite, un Kurde que les Iraniens se sont empressés de hacher menu. Il est grand, le mystère de la foi ! Menu-menu. À la suite de ce déplorable incident, la surveillance s'est faite à distance : micros, caméras cachées, tout le bataclan.

Comment l'ai-je appris ? Je vous l'ai dit : ma femme est Iranienne. Non, elle n'est ni chiite ni sunnite, pas même musulmane. Elle est bahá'íe. Non, vous n'y êtes pas du tout. Un bahá'í ne franchirait même pas leur seuil. C'est une espèce complètement à part ; ce sont de vrais purs. Ils s'affichent pour la paix mondiale, la non-violence, l'égalité des droits de l'homme et de la femme. Le genre de principes qui vous défrisent un musulman intégriste, qu'il soit chiite ou sunnite. Parlez-leur des bahá'ís, l'écume leur monte à la bouche *illico*.

Oui. Alors voilà : le frère de ma femme connaissait un type. Reza. Celui-là, on peut dire qu'il n'a pas de préférence. Vous savez comment ça se passe. Ce gars était membre en règle de la petite pègre iranienne. C'est comme ça que tout a commencé.

Reza ? Oui, oui ! C'est bien notre homme. Non, l'autre, le nabot avec une petite moustache de macho. Le barbu, c'est Farid, son inséparable bulldog. Je parie que c'est cette petite merde qui vous a rencardés ! J'y suis ? Jamais eu confiance en ces fous d'Allah qui vendraient père et mère pour une place au paradis. Jamais compris, non plus, pourquoi Reza s'encombrait de ce primate. Je crois qu'on ne lui avait pas laissé le choix. Reza a beau être un mécréant notoire, il lui faut quand même rendre des comptes. Là-haut, tout au sommet, les ayatollahs veillent au grain.

Mes relations avec Reza et sa bande remontent à loin. Il m'a été présenté pour la première fois le jour de mon mariage avec Tahéré. Je vous l'ai dit : son frère et lui étaient des amis d'enfance. Ça vous étonne ? Ça ne devrait pas. Maintenant que j'y repense, la tête de ce faux cul m'a plu dès la première seconde, peut-être précisément en raison du regard venimeux et de la moue dégoûtée que Tahéré lui réservait. À l'époque, Reza s'occupait d'un bar de danseuses et j'ignorais tout de ses autres activités. Narcotrafic et blanchiment. Le couple d'enfer. La machine à ratisser les millions. Non, c'est venu plus tard. Des voyages aux Bahamas ? Vous n'avez pas idée du fric qui circule dans ces banques ! Mais vous n'y êtes pas du tout. Je vous vois venir avec vos insinuations déplacées. On ne va quand même pas y passer la nuit. Je vous l'ai dit : j'avais une mission.

L'argent n'a jamais été qu'un moyen d'arriver à mes fins. Non, si seulement vous vous donniez la peine de m'écouter un peu, vous comprendriez que vous avez affaire au dernier des honnêtes hommes. Parfaitement.

Pardon ? Parlez plus fort, je vous entends à peine ! Comment ? Que je vous parle de Charles Godin ? Comme vous y allez !

Il m'est impossible de poursuivre si vous m'interrompez sans arrêt. Vous êtes là, patibulaires à souhait, exigeant des explications plus précises. Du concret ! Du concret ! Vous en aurez. « Chaque chose en son temps », disait Mère-en-personne !

Qu'attendez-vous de moi exactement ? Entendre ce que moi j'ai à dire ou ce que vous désirez entendre ? Non, j'insiste. Clarifions ce point, voulez-vous. La suite s'en portera beaucoup mieux. D'ailleurs, la question se pose : à qui sommes-nous redevables de la suite ? Y en a-t-il seulement une quelque part, qui piaffe d'envie d'être racontée ? Et si oui, vaut-elle qu'on lui sacrifie ce sang si parfaitement coupable ? Les mots vont s'éteindre un à un, ils vont crépiter dans un dernier élan d'altruisme, puis ils vont se résigner. D'où surgiront-ils cette fois ? Certainement pas d'un tiroir miraculeux où je les trouverais, bien rangés, attendant que je les enfile les uns aux autres comme les fausses perles d'un dérisoire collier de pacotille. Non. Je sais qu'il me faudra les débusquer, leur forcer la main, trouer le ciel prétentieux des apparences et révéler leur duplicité. Aussi, me laisser aller à toute espèce d'abus et de violences. Je sais que ce n'est pas dans ma nature, mais le dernier mot... Qui a jamais eu le dernier mot ?

Cela fait plus d'un an, maintenant. Comme le temps passe. Oui. On ne s'y habitue jamais. Il y a des précédents, des préséances ; il y a des causes premières, des fins dernières et entre les deux, la déroute d'un homme traqué. Pas moi, bien sûr. Non. Mais un simple pion dont je devrais taire le nom par respect pour sa descendance – Charles Godin dirait plutôt sa progéniture. C'est l'expression consacrée.

Mon frère et cet énergumène avaient sans doute bien plus d'intérêts communs qu'ils ne le soupçonnèrent jamais. Mais ça...

J'avais pour principe de ne jamais embaucher les repris de justice dans mon usine ; surtout pas ceux que les agents du ministère me référaient. Ce sont les pires. Et il faut bien, n'est-ce pas, séparer le bon grain de l'ivraie. Je leur accordais une entrevue, bien sûr, pour la forme. Il n'y a pas de mal à ça. Ils avaient beau minauder, me jouer la scène du pénitent, je leur tenais tête à ces vauriens, moi. On ne me la fait pas. Mère-en-personne le répétait à tout propos : « Quand les bergers sont des lâches, les loups chient de la laine. » Elle ne croyait pas si bien dire.

Vous imaginez ma surprise quand Charles Godin s'est pointé dans mon bureau, dix-sept ans après que Luc se fut volatilisé. Il sortait à peine d'une cure de désintox et n'en menait pas large. Son agent de probation, toutefois, me l'avait chaudement recommandé : un bon gars, travaillant, capable d'en prendre, il n'avait pas eu la vie facile, des erreurs de jeunesse, oui, des problèmes de drogue, bien sûr, mais il s'était repris en main, on pouvait compter sur lui, il désirait sincèrement se réhabiliter et patati et patata.

Foutu maquereau d'ange intercesseur que cet agent-là ! Un authentique Roger. Il se laissait prendre au jeu, il y croyait, lui, à la réhabilitation de ces ordures. La vérité ne lui avait jamais effleuré l'esprit : que ces types étaient irrécupérables, marqués à vie, finis ; et qu'ils ne feraient jamais partie de la bonne société, ne rentreraient jamais dans le rang. Ils s'y efforçaient, oui, avec un acharnement plus que méritoire, et parvenaient à berner les autorités, leur entourage et parfois même leurs proches. Certains se révélaient si débordants de zèle qu'ils arrivaient à se duper eux-mêmes. Mais un regard exercé comme le mien les démasque à coup sûr, où qu'ils se cachent, dans quelque emploi honorable ou position respectable qu'ils se dissimulent. Je sais reconnaître une ordure quand j'en croise une. Alors Godin ! Tu parles si je l'ai reconnu ! Non seulement je l'ai embauché tout de suite, mais il n'a jamais compris qu'il venait de mettre le doigt dans l'engrenage.

C'est la beauté de la chose.

Je me disais : « *This guy is a dazzling fake !* » Et je l'avais à l'œil. Mais il s'avéra que son agent ne mentait pas. Godin n'était pas dénué de talent. Il se montrait ponctuel, travaillait avec entrain, exécutait les ordres sans regimber. Bref, il me plaisait. Il devint vite un rouage essentiel de ma chaîne de production. Méthodique, il détectait anomalies et dysfonctionnements de tous ordres, proposait des solutions inédites, se souciait aussi bien du rendement que de la qualité du produit.

À peine trois semaines après son entrée à l'usine, je le nommai chef d'équipe ; ce qui ne manqua pas de scandaliser bon nombre de travailleurs plus expérimentés qui convoitaient ce poste depuis des lustres et qui, sans aucun doute, le méritaient davantage que ce morveux.

En toute franchise, je dois dire que Godin faisait mon travail dix fois mieux que je n'aurais su le faire moi-même si l'envie m'en était venue subitement.

Pour la première fois depuis le début de ma carrière, j'avais laissé mon intérêt personnel prendre le pas sur mes responsabilités et mon éthique professionnelle. Il m'a été facile de gagner sa confiance. À la première occasion, je l'ai invité à se joindre aux employés cadres de l'usine qui se réunissaient après le travail. Nos 5 à 7 du vendredi représentaient une occasion unique de socialiser, c'est-à-dire, grosso modo, d'évaluer les fouteurs de merde potentiels et de leur soutirer à peu de frais des confidences croustillantes qui, étalées au grand jour au moment opportun, pouvaient précipiter leur disgrâce et favoriser ma propre ascension. Mais ça, c'est une autre histoire. Et pour autant que Godin soit concerné, j'avais des ambitions beaucoup plus élevées. Ça n'a pas été facile au début. Malgré mes bons offices, il se méfiait de moi.

Ce premier soir au 5 à 7 du Danteuil, j'ai bien cru qu'il allait s'en tenir à cette satanée bière désalcoolisée – mixture infâme et contre-nature que le législateur, soit dit en passant, devrait prohiber. Il paraissait résolu à demeurer sobre et j'avoue qu'en toute autre circonstance, cela aurait pu me réjouir.

Il m'a fallu des semaines pour gagner sa confiance. Je l'ai traîné au Danteuil, sous divers prétextes, aussi souvent que possible. Je me suis même surpris à m'entendre lui dire – avec des trémolos dans la voix et de tels accents de sincérité que j'arrivais presque à m'en convaincre – à quel point je l'appréciais. J'ai si bien vanté ses qualités et ses mérites qu'il a fini par se remettre à boire !

Pour aveugler un homme, le réduire à l'impuissance et faire de lui votre jouet, vous pouvez me croire, rien ne vaut une bonne dose de compassion assaisonnée de flatteries. Mais ne vous méprenez pas. À sa manière, Charles Godin était un homme plein de ressources. Rien à voir avec l'être faible et souffreteux que vous pourriez imaginer. Bien sûr, il avait mal tourné. Au premier abord, il paraissait totalement désabusé. Résigné, non. Je n'irais pas jusque-là. Dégoûté, oui. Mais en grattant un peu la surface, je découvris une âme d'une naïveté, d'une pureté exemplaires. Un curieux mélange de force et de vulnérabilité, de détermination et d'accablement. Le besoin de se soumettre, d'obéir, oui, mais férocement. C'est cela. Charles

Godin aspirait à une obéissance totale et dévastatrice. Il savait étaler ses blessures avec panache comme autant de trophées mérités de haute lutte.

Il a fini par tout déballer, à une table du Danteuil. J'eus droit au calamiteux récit de son errance, de ses déboires, de sa déveine et je dois admettre que cette canaille a bien failli m'attendrir. Il se racontait sans pudeur, sachant trop bien peut-être que sa vie ne tenait plus qu'à un fil. Il me parla longuement de Nadia, la mère de l'enfant. De son enfant, disait-il. Et il le croyait sincèrement. Il ne lui est jamais venu à l'esprit que cette fille avait sauté quelques plombs, ni qu'elle s'était envoyée en l'air avec à peu près tout le monde : Galaczy, mon frère Luc, Godin, oui, lui aussi, bien sûr, mais comment avait-il pu se convaincre qu'il était bel et bien le père de Simon ? Il avait accompagné Nadia pendant sa grossesse, c'est vrai. Il avait joué son rôle à la perfection, du début à la fin, et il avait fini par y croire. Du pur romantisme. Il n'a jamais pu admettre que Nadia ne se serait même pas intéressée à lui si Luc ne s'était pas enlevé la vie. Et si Galaczy n'avait pas pris ses jambes à son cou. Godin n'a jamais été qu'un pis-aller.

Bien sûr, il parla aussi de Stephen Galaczy, ce soir-là. L'homme qu'il tenait responsable de la mort de Nadia. Il s'en montrait si parfaitement convaincu que cela devenait gênant pour moi... Il lui attribuait quelque rôle occulte dans cette histoire. Selon sa version des faits, Galaczy était réapparu dans leur vie quelques mois après la naissance de Simon. Nadia n'avait pas su lui résister et Stephen l'avait entraînée dans une invraisemblable galère à l'issue de laquelle, dans des circonstances pour le moins nébuleuses, elle avait succombé à une overdose de smac. Je trouvais fascinante sa façon d'errer, de jongler avec tout ça.

Non, bien sûr que non ! On se demande où vous allez chercher tout ça ! Charles Godin n'a jamais rien su de mes contacts avec la filière iranienne. Reza et sa bande ? À l'époque, ils débutaient dans le métier. C'est à se demander ce qu'ils seraient devenus sans mes inestimables conseils. Et puis d'ailleurs, j'ai eu un mal fou à les convaincre de marcher avec moi dans cette combine. La dose fatale n'était pas destinée à Nadia, vous vous en doutez ! Mais dans ce genre d'arnaque, il y a toujours des impondérables. Les risques du métier. Et si, comme moi, vous avez cent fois payé la rançon du bonheur et de la paix de l'esprit ; si vous avancez dans ce monde pourri avec la même détermination sauvage, avec sur la langue le goût persistant du sang de vos victimes les plus innocentes ; si vous avez su vous salir les mains chaque fois qu'il le fallait, vous avez compris que je n'ai jamais éprouvé le moindre remords.

Oui, bien sûr. La mort de Nadia représentait quand même une sacrée bavure, mais je vous l'ai dit : il y a des risques dans ce métier, j'en avais pleinement conscience en confiant ce petit boulot à Reza. L'eau avait coulé sous les ponts, depuis. Dix-huit ans plus tard, Reza était toujours là, lui. Il avait gravi des échelons, s'était taillé la part du lion au sein de ce marché des plus lucratif ; et c'était un peu grâce à moi tout ça, d'ailleurs. Je le précise en toute franchise et en toute modestie... Sans moi, Reza n'aurait jamais été autre chose qu'un petit caïd des bas quartiers !

Godin ? Je le revois, assis à cette table du Danteuil, essuyant ses larmes du revers de sa manche : « Stephen n'a jamais essayé de se disculper ou de s'inventer des circonstances atténuantes. Il était seulement pressé d'en finir et de se débarrasser du corps. Il a débarqué vers trois heures du matin, complètement défoncé, tenant à peine sur ses jambes. Je me suis assuré que Simon dormait et j'ai suivi Stephen jusqu'à sa voiture. Bon sang ! Nadia était déjà raide. Je ne savais pas que ça vous noircissait le portrait à ce point, une overdose de smac. J'ai toujours ça sous les yeux. Son corps si frêle et noir de sang. Quel gâchis... »

Oh ! Non ! Il ne m'a pas balancé tout ça en pleine figure d'une seule traite. Je vous l'ai dit, cela a nécessité des semaines de mise en condition et d'apprivoisement. Je me suis bien gardé, pendant tout ce temps, de lui parler de mon frère. Il était essentiel, n'est-ce pas, que cela vienne de lui. Bien sûr, le burlesque de la situation tenait surtout au fait que je la connaissais déjà, son histoire. De ses années d'université à Jasperville, jusqu'à sa récente condamnation pour trafic de stupéfiants, en passant par la mort de Luc et l'infamante manière dont Galaczy et lui avaient disposé de sa dépouille. C'est-à-dire qu'ils ne se sont pas emmerdés avec ça : ils lui ont creusé un trou dans la forêt. Même chose pour la fille quand ç'a été son tour de claquer. Deux trous, côte à côte. Deux tas de pierres. Pitoyables.

« Choucas, c'était un drôle d'oiseau. Personne n'a jamais vraiment su d'où il venait. Une sorte de Voyant magnifique qui se tenait dans l'ombre et ne laissait jamais de traces de son passage. Je l'aimais bien, Choucas. Comment savoir ce qui lui a pris cette nuit-là... Il y a d'abord eu cette petite sauterie à laquelle toute la Tribu avait été invitée. Choucas est rentré avant tout le monde, il s'est réfugié dans sa cabane, au fond des bois, et il s'est envoyé une dose mortelle de datura. L'Herbe du Diable, oui, une foutue cochonnerie si vous voulez mon avis. On l'a planqué sous un tas de pierres. D'après vous, qu'est-ce qu'on aurait pu faire de plus ? »

Peut-être le récit des circonstances dans lesquelles mon frère Luc avait enfin trouvé la mort, son amie de toujours, aurait-il dû me bouleverser. Sans doute aurais-je pu sangloter doucement ou érupter d'une antique et pure colère de titan, si je l'avais voulu. Mais peut-être par respect ou pour me prouver que la mort de Luc le réhabilitait à mes propres yeux, je ne voulus pas que cela m'atteigne ou souffle en moi l'exhalaison putride de son incontournable nécessité... L'escamotage d'une émotion aussi sulfureuse exigeait pourtant une maîtrise et une obstination que je ne me connaissais pas.

Je n'attendais plus rien de cette confession improvisée. Je pensais à Luc. Je désirais seulement m'assurer de bien refermer le couvercle. De sa tombe, Charles Godin connaissait l'emplacement – ne l'avait-il pas lui-même creusée, la mort dans l'âme ? – et il saurait la retrouver parmi les ronces et les genévriers.

Je savais tout ce qu'il y avait à connaître de Charles Godin, et même – je le dis sans la moindre ostentation – un certain nombre de choses que lui-même, sur son propre compte, ne soupçonna jamais...

Un pauvre bougre quand même, ce Godin ; et qui, cela se voyait comme le nez au milieu de la face, ne guérirait jamais de cet amour de jeunesse auquel il avait sacrifié la raison, sa santé, et jusqu'aux rares opportunités qui s'étaient présentées à lui et qu'il aurait sans doute pu saisir s'il n'avait eu cette ombre sur la conscience. Et cet enfant sur les bras. Il parla beaucoup de l'enfant. Son cher Simon. Charles Godin était si fier de ce garçon qu'il en devenait pathétique. Il n'a jamais eu le moindre doute à l'égard de sa paternité. Je crois même qu'il n'aurait pas hésité à m'arracher la langue si j'avais exprimé la moindre réserve à ce sujet. Bien sûr, elle était bien aléatoire, cette présomption de paternité. Je suis d'accord sur ce point. Sous prétexte qu'il avait élevé l'enfant, Godin niait obstinément que Galaczy puisse en être le père. Quant à Luc !

Douter ? Vous pensez bien ! Chaque jour, pendant toutes ces années. Je n'ai jamais cessé. En cet instant même, si vous tenez vraiment à le savoir, je doute.

Plus il s'épanchait et laissait transparaître sa haine envers Galaczy, mieux je comprenais ses motivations. Livré entre mes mains expertes, Charles Godin pouvait se muer en arme tactique. Il n'aspirait qu'à cela, d'ailleurs : devenir l'arme intégrale. Mais je ne crois pas qu'il y serait parvenu sans mon aide. Sa soif de vengeance, aussi vivace qu'elle fût, ne faisait pas le poids. Godin avait surtout besoin de se confier, de rassembler quelques éclats de cette mosaïque incohérente qui représentait sa vie. Je pense qu'il ne souhaitait pas tant se venger de Galaczy que de transmettre à Simon, son fils, la part lumineuse ou fatale de sa propre destinée.

Imaginez le calvaire de cet homme : quinze ans sans voir son fils, sans même pouvoir l'approcher. Quinze longues années pendant lesquelles il a dû se contenter de lettres qui se sont faites de plus en plus rares, jusqu'au jour où il n'a plus reçu qu'une carte postale à Noël et une autre le jour de son anniversaire. Il n'a pourtant jamais cessé d'écrire à son fils. C'est ce qu'il a d'ailleurs fait cette nuit-là à l'hôtel de la Licorne : écrire à Simon. Dans le puéril espoir de rétablir les faits. Pauvre Charles ! Que pouvait-il connaître des faits ! Il ne lui serait jamais venu à l'esprit que j'aie su, moi, traquer le jeune Simon jusque sur l'île lointaine où son grand-père l'avait emmené pour le soustraire à l'influence néfaste de son junkie de père ! Ni que j'aie pu l'approcher à loisir, lui parler de choses anodines, l'amadouer pour enfin, dans un irrésistible élan d'amour filial, instiller en son âme le poison le plus doux. Comment survivre à ce bonheur si pur, à la satisfaction d'avoir su déposer, au moment opportun, dans l'âme de cet Enfant-Lumière, l'exacte mesure de suspicion capable, au jour promis, d'entraîner sa chute ?

Charles Godin croyait avoir élaboré un plan infaillible. Il retrouverait Galaczy et lui ferait payer la mort de sa chère Nadia.

Il s'agissait d'entraîner Stephen dans une sombre histoire de transaction de dope qui devait mal tourner. Godin n'a jamais vu venir le maître du jeu. La tierce personne. J'ai si bien manœuvré qu'il ne s'est jamais posé la question essentielle, qui était de savoir pour quel motif je mettais tant d'ardeur à le seconder dans ses démarches. C'est grâce à moi qu'il a rencontré Reza. Ai-je besoin de vous dire que ce bon vieux Reza n'a pas l'habitude de traiter avec ce genre de pigeon ? C'est un peu comme d'aller à la chasse aux perdrix armé d'un lance-flammes ! Godin n'a rien vu venir. J'avais tiré toutes les ficelles depuis le premier jour. Bien avant ça – oserai-je jamais l'avouer – j'avais commis l'irréparable en sacrifiant l'innocence et la beauté naïve d'un univers lumineux de pureté. Nadia n'était pas coupable. Nadia, c'était l'agneau. L'appât. Le prix du sang. Mais ça, c'est une vérité que ni Godin ni Galaczy ne devinèrent jamais. S'ils l'avaient seulement soupçonnée, ils ne se seraient jamais dressés l'un contre l'autre !

le reniement de Simon

Simon Godin, c'est bien ton nom de baptême ? Simple formalité, jeune homme. Non, le sujet ignore ta présence parmi nous. Mathieu Arbour ne se doute de rien. Il est vrai que de ce côté-ci du miroir, la perspective est bien différente ! Rien ne transpire plus de cette cage de verre que la voix pratiquement inaudible du sujet.

On imagine aisément d'autres pièces en tous points semblables à celle-ci. Des cellules étanches. C'est exact. Dans l'une d'elles, une jeune femme sanglote doucement en regardant le journal télévisé. « Tu n'as plus sourcillé aux nouvelles de onze heures, gémit-elle. Les missiles dessinent désormais leurs arabesques dans un ciel constellé de bonnes intentions. L'ouverture de ce ciel authentique ne représente qu'une menace de plus. » Dans une autre pièce, un enfant invente une langue dans laquelle le mot liberté serait un alexandrin. Sans être contiguës, ces chambres s'empileraient les unes sur les autres dans un désordre rigoureux. Vu de loin, disons de Sirius ou d'Antarès, l'ensemble aurait l'aspect d'une sphère presque parfaite ; mais de l'intérieur, cette tour de Babel serait un labyrinthe infini.

Avec un minimum d'effort, tu pourrais certainement, de mémoire, reconstituer l'image de ta mère peignant ses Enfants-Lumière sur les murs de sa propre cellule ; tu la verrais de profil, de telle sorte que son épaisse chevelure cacherait la majeure partie de son visage, mais un très léger déplacement de la conscience te permettrait de la regarder dans les yeux, d'accéder à ses pensées les plus secrètes. Il s'y bouscule une pléiade de ces enfants, braillards immortels aux ailes diaphanes, que ta mère couve de sa grâce surnaturelle. Elle peint fiévreusement, à traits minutieux cependant, et précis, comme si les Enfants-Lumière devaient à l'instant prendre vie, s'animer sous tes yeux, s'envoler de la toile où l'artiste les a temporairement fixés dans l'attente de ton retour. Qui sait ?

Mais assez bavardé.

Tu es venu de loin, Simon. Tu nous as fait confiance et sois bien certain que nous t'en savons gré. Tu as répondu à notre invitation sans la moindre hésitation, sauté dans le premier avion et tu es rentré au pays. Cette diligence est tout à ton honneur ! En quinze ans, l'incertain pays n'a guère changé, tu as dû t'en rendre compte ; mais il est vrai que tu n'avais pas plus de cinq ans, n'est-ce pas, quand tu l'as quitté. Au fond, te voici en territoire étranger. Tu n'as gardé de ton enfance qu'un souvenir assez trouble. Tu te souviens du froid. N'as-tu pas noté quelque part : « Dans ce pays au bout du froid, la neige est une épiphanie. » C'est très beau. Une épiphanie. Très poétique...

Pas de chance pour toi, Simon. Cette année, le printemps fut précoce et il pleut depuis ton arrivée. Pendant le trajet en voiture, depuis l'aéroport, tu as vu défiler la morne campagne, boueuse, détrempée, les champs ocre et les forêts décharnées. Cette nudité te plaît, dis-tu, mais elle inflige à ton âme un indéfinissable tourment face auquel tu te sens complètement désarmé. Tu t'y habitueras.

Bien sûr, tu ne comptes pas rester plus longtemps que nécessaire. C'est l'affaire de quelques jours, en effet. Mathieu Arbour s'est livré de lui-même et il nous faut lui concéder cela : il nous a, ce faisant, évité bien des maux de tête ! L'affaire se présentait mal. Très mal. Sans lui, nous en serions encore à tenter d'identifier les victimes.

N'eussent été ces lettres anonymes, sans doute écrites par notre homme – voilà un détail que nos services vont s'empresser de vérifier – tu serais toujours à Nassau. Où ton avenir semble tout tracé. Du moins le paraissait-il jusqu'à la semaine dernière... Ton tuteur – ton grand-père, dis-tu ? – eh bien ! ton grand-père a fait pour le mieux. D'après le dossier que nous avons là, tu as fréquenté les meilleures écoles et si tout se passe bien tu seras bientôt admis dans une prestigieuse université de Floride où tu décrocheras un diplôme en administration avant de te lancer à l'assaut des marchés financiers et immobiliers. Tout tracé. C'est on ne peut plus clair. Et très impressionnant.

Tu es bien jeune, pourtant. Bientôt dix-neuf ans. C'est ça ? Trop jeune, peut-être, pour assister à cette procédure d'un goût douteux. Mais tu t'en remettras. La visite de la morgue, ce matin, a dû être éprouvante. Ça n'a rien de réjouissant, nous en convenons tous, mais il le fallait, tu le comprends. Il ne s'agit pas de te mettre mal à l'aise, tu t'en sors très bien, jeune homme. C'est vrai, bien sûr, tu n'as pas vraiment connu ton père, ce qui s'appelle connaître, enfin tu vois, mais encore une fois, c'est une simple formalité, désagréable, oui, on s'en passerait, mais il le faut, on ne peut tout de même pas... Tu as raison, Simon, un tel crime ne peut pas demeurer impuni. Où irions-nous ?

Mathieu Arbour dit la vérité. Nous avons vérifié. C'est presque trop beau pour être vrai. Tahéré, sa femme, s'est fait naturaliser il y a une vingtaine d'années. Nous lui avons parlé, bien sûr. Elle a admis avoir signalé la disparition de son mari en août dernier. Mais pas moyen d'en savoir plus. Elle a même refusé de venir le voir. Il faut dire qu'elle a dû en baver, la pauvre. Non, elle a refait sa vie. Qui le lui reprocherait ?

Quant au mirobolant récit de son enfance... Inutile d'insister. Il faut en prendre et en laisser. Disons que certains éléments nous intéressent particulièrement. Tout ce qui touche sa relation avec son frère, par exemple, présente un intérêt certain dans le cadre de notre enquête. Tout se passe, en effet, comme si Mathieu Arbour s'était forgé une image équivoque de son frère. Un pastiche. Tu l'as bien remarqué, toi aussi : quand il parle de son frère, il lui pousse des ailes, de fausses ailes de carnaval, des ailes de papier mâché que la moindre brise réduirait en charpie. Mais arrive le moment où il faut se taire ou mentir. Ce passage étroit fait foi de tout. C'est la fracture intime.

Tu observes attentivement le sujet. Il ne transpire pas moins que tout à l'heure, mais tu as beau scruter ses réactions, il n'y a pas, chez lui, la plus infime trace de dissimulation. Tu n'irais pas jusqu'à dire qu'il a l'air sain d'esprit, mais tu pourrais sans doute te laisser convaincre de sa bonne foi. D'ailleurs, le sujet est parfaitement incolore. Si tu le croisais dans la rue ou à la sortie du métro, tu risquerais de le confondre avec ton ombre.

De sa disparition à la découverte du charnier, dans la forêt estrienne, huit mois se sont écoulés. Où était-il pendant tout ce temps ? Quel a été son rôle ? Il y a encore un certain nombre de zones grises.

Tu voudrais qu'il prenne le temps de t'aider à comprendre, qu'il récapitule depuis le début dans un semblant d'ordre chronologique. Son histoire ne te paraîtrait pas plus crédible pour si peu, mais tu aurais la satisfaction d'avoir tout essayé. Dans l'ordre. Dans le désordre.

Manifestement, il ne songe pas à nous faciliter la tâche et c'est de bonne guerre, dans les circonstances. Mathieu Arbour est la clé, l'une des clés. Après tout, n'est-il pas le témoin principal dans cette affaire ? Que ça nous plaise ou non. Le mot suspect te vient tout de suite à l'esprit ; mais ce n'est pas le mot juste. Il serait trop heureux de nous l'entendre dire. Sans *compter que les journaux à sensations en profiteraient pour vendre de la copie. Tu vois d'ici les gros titres :* La police appréhende un suspect dans l'affaire du mystérieux charnier de Jasperville !

Nous n'avons pas moins de quatre cadavres sur les bras, jeune homme. Cela n'a rien d'exceptionnel en soi. Ce qui est troublant, c'est l'état de conservation remarquable de l'un des corps... Celui de ta mère, Simon... Momifié, disent les experts. Et nous savons que, dans cette affaire, il en viendra de partout, des experts. Des charlatans aussi. Des prophètes de malheur. Des gourous. Mathieu Arbour fait figure de précurseur, en somme. Mais une hirondelle ne fait pas le printemps. Alors, mieux vaut nous en tenir aux faits. Et à cette étiquette de témoin. Mathieu Arbour, témoin principal. Il n'y a pas de quoi pavoiser.

Nous avons encore quelques questions à lui poser. Tu peux rester, bien sûr, non, rien ne s'objecte à ta présence ici, au contraire, tu pourrais même nous être fort utile, le détail le plus insignifiant peut se révéler déterminant.

Peu à peu, tu as l'impression que son masque s'effrite. Cela a commencé par les écailles sombres et visqueuses qui tout à l'heure se sont décollées de ses yeux avant de rouler sous la table. Tu as alors songé : « C'est donc bien vrai qu'il est aveugle ! »

Depuis le début, Mathieu ne cesse de marteler : « Je suis un homme rangé ! Je suis un homme rangé ! » *et son insistance à se définir comme tel t'a tout de suite agacé. Maintenant, il devient évident que ce que tu avais d'abord pris pour une sudation abondante n'est rien d'autre que son masque en train de se liquéfier sous tes yeux.*

Bon sang ! Si Mathieu Arbour est un homme rangé, tu dois être sa bonne fée marraine, Simon ! Pour l'instant, il doit sentir qu'il a toute latitude. Il s'agit simplement de le faire parler, de n'importe quoi ou presque, c'est de cette manière, l'expérience nous l'a appris, qu'on obtient les meilleurs résultats avec un sujet comme le nôtre. Il va causer, causer, jusqu'à ne plus savoir ce qu'il dit et c'est comme ça qu'il finira par se prendre à son propre jeu. Fascinant, oui, on ne s'en lasse pas.

À le voir se trémousser sur sa chaise, depuis des heures, à l'entendre se livrer de la sorte, une évidence s'impose : le sujet espère que nous partirons à sa recherche.

Les indices ne manquent pas. Les coïncidences ne mentent pas. Les pistes se recoupent, mais il convient de laisser la chance au coureur. Au bénéfice du doute, toujours aléatoire, nous préférons l'épiphanie tapageuse d'une condamnation sans appel. Nous n'aurons de cesse qu'il nous dévoile les motifs de son crime et nous livre le secret de sa mansuétude ; quitte à faire de nous ses complices les plus dévoués.

Mais ce qui te chagrine un peu, maintenant, Simon, c'est le visage de Mathieu Arbour. Ce visage ne te dit rien et cela te déçoit. Les événements se sont précipités ces derniers jours. Et tu t'attendais à tout sauf à devoir confronter cet énergumène qui prétend être ton oncle. Ne crains rien. Le sujet ignore tout de ta présence ici.

Il doit avoir entre quarante et quarante-cinq ans, dans ces eaux-là. Le dossier ne précise pas son âge et il est vrai que ces sortes de détails ont leur importance. De toute façon, tu t'en fous. Il a l'air d'être au bout du rouleau. Toi aussi, et c'est parfaitement compréhensible dans ces circonstances pénibles.

Tu es surtout préoccupé par cette note des services de renseignements d'après laquelle Mathieu Arbour se serait pointé à Nassau à vingt-huit reprises au cours des seize dernières années. Tu as grandi dans l'île de New Providence et l'idée que tu aies pu le croiser sur Bay Street ou ailleurs, à la sortie

de chez John Bull ou sur les plages de Sandy Port, cette idée te
donne la nausée.

Tu connais ce milieu mieux que quiconque. Ton grand-père
ne dirige-t-il pas l'une des quatre cent vingt-sept banques off
shore qui ont pignon sur rue dans ce repaire de pirates que les
Bahamas ont toujours été ? Tu sais qu'un type de la trempe de
Mathieu Arbour ne rapplique pas à Nassau deux fois l'an uniquement pour se dorer la couenne au soleil ! En seize ans, après
vingt-huit séjours, il doit avoir amassé une fameuse galette.
Impossible à évaluer. La loi du secret bancaire, pour des types
dans son genre, c'est le pactole. On peut dire que ses place-
ments sont en sécurité ! Il n'y a rien que nous puissions faire,
du moins en ce qui concerne cette question précise. Disons que,
de toute façon, les charges qui seront vraisemblablement rete-
nues contre lui sont beaucoup plus sérieuses. Il n'en demeure
pas moins vrai que dans dix ans, à sa sortie du pénitencier
fédéral où, avec de la chance, il se sera fait bichonner aux frais
des honnêtes contribuables, Mathieu Arbour n'aura qu'à passer
à la caisse. Après quoi il coulera des jours paisibles sur une
île déserte, quelque part dans les Exumas Keys ou ailleurs, et nous
n'aurons plus qu'à espérer qu'un ouragan s'amène et emporte
sa villa, son yacht et le reste.

Tu peux nous en croire, Simon, tout cela nous désole au
moins autant que toi. Mais regarde-le bien. Encore une fois.
Pourrais-tu jurer sous serment n'avoir jamais rencontré cet
homme ? Ne lui trouves-tu pas un air familier ? Jette un coup
d'œil sur ces clichés. Celui-ci a été pris au café Matisse, oui, à
Nassau. L'homme en sa compagnie, là, de profil, c'est bien ton
grand-père. Il n'y a pas le moindre doute, c'est bien lui n'est-
ce pas ? Rassure-toi, mon garçon nous n'insinuons rien du tout.
En fait, il y a fort à parier que ton grand-père n'a rien à se
reprocher ; dans cette histoire, il ferait plutôt figure de victime,

lui aussi. Mathieu Arbour a fait preuve de beaucoup de finesse. Il lui a fallu près de vingt ans pour mener son plan à exécution. La liste de ses méfaits, de ses fraudes, des gens qu'il a trompés, bernés, escroqués, dupés... bref, tout ce que nous avons pu réunir contre lui jusqu'à maintenant ne représente peut-être que la pointe de l'iceberg ! Ça ne devrait pas t'étonner outre mesure.

Tu es bon nageur, Simon, c'est vrai. La mer a toujours été ton élément. Et il y a cet îlot rocheux à quelques centaines de mètres de la plage, tout près de chez toi. Depuis des années, tu as l'habitude d'y nager chaque matin. Tu entres dans l'eau et fermes les yeux. Dans tes membres couve un feu que seule l'eau de mer sait calmer. Momentanément. Tu nages. Rien ne compte plus, alors, que la respiration lente, profonde, et le rythme des bras et des jambes battant la surface de l'eau. Parfois, lorsque la mer est à l'étale, il est possible de faire une pause à mi-parcours sur ce banc de sable formé par le flux et le reflux des marées. L'air immobile vibre doucement. L'eau scintille de manière irréelle. C'est le moment de la journée que tu préfères. Mais il arrive que les vagues atteignent plus d'un mètre à cet endroit précis et tu dois alors nager jusqu'à l'îlot sans t'ar-rêter. Cela représente une distance appréciable et tu es chaque fois à bout de souffle lorsque tu arrives enfin à t'agripper à la paroi du méplat rocheux pour reprendre haleine.

Du haut de ton île, tu contemples le large et rien ne s'in-terpose plus entre l'éternité et toi, entre le ciel et ton âme ado-lescente. Tu offres ton corps nu à ce soleil intransigeant qui, dès le début de la matinée, brûle la peau et fait bouillonner le sang dans les artères. Tu ne saurais replonger dans l'écume et revenir vers la plage avant que cette brûlure ne t'ait entièrement purifié.

Ce qu'elle ne manque jamais de faire.

Ce matin-là – c'était il y a huit mois, peut-être davantage – tu as remarqué un homme debout sur la plage d'habitude déserte à cette heure. Cet homme n'avait rien d'un touriste et n'était pas non plus du voisinage. Tu connais tout le monde à Sandy Port. Il était vêtu d'un complet gris et même à cette distance tu percevais très nettement l'aura étriquée et tiède, le vide intérieur de cette âme médiocre. L'avidité. Bien que tout en cet être respirât la santé, le confort, l'extrême satisfaction de soi, tu pouvais flairer l'odeur rance de la convoitise.

Il t'observait, Simon, et ce regard, posé sur toi en cet instant privilégié, constituait une offense. Non, cela n'avait rien à voir avec ta nudité. La pudeur est un sentiment qui t'est étranger. Simplement, quelque chose t'avertissait d'un danger. La présence d'un tel homme sur cette plage à ce moment précis ne pouvait être interprétée autrement : c'était un mauvais présage.

Tu as plongé et la mer a eu tôt fait de laver tes soupçons. Lorsque tu as atteint la plage, l'homme avait déjà disparu. Tu n'y avais plus repensé avant aujourd'hui.

Pourrais-tu te souvenir de la date ? Fais un effort. Non, simplement, nous pourrions vérifier qu'elle coïncide bien avec l'une des escapades bahamiennes du sujet. Ça ne prouverait rien, tu as raison. Mais au point où nous en sommes, et à moins que Mathieu Arbour ne se décide à passer aux aveux, nous rentrons bredouilles. Ce type nous embrouille, à croire que c'est lui qui nous cuisine, mais nous progressons quand même, oui, presque à son insu, le sujet se livre. Tu vois, l'ennui avec les questions trop précises, c'est qu'elles lui révèlent justement ce qu'il doit absolument ignorer. Voilà, tu as saisi : le sujet ne doit pas savoir que nous savons.

Insensiblement, il nous ramène à cette fameuse nuit, à l'hôtel de la Licorne. La nuit de tous les excès. Il a déjà admis avoir entraîné ton père dans cette galère. Voilà qui devrait te

113

rassurer un peu. Tu es en colère, oui, c'est parfaitement compréhensible, mais tu dois faire preuve d'un peu de patience. Bien sûr, Mathieu Arbour connaissait ton père. Sans doute depuis bien plus longtemps que nous ne l'avions d'abord soupçonné. La preuve en est faite. Mais il est aussi évident qu'Arbour n'a jamais accepté que Charles Godin puisse être ton véritable père. L'idée même que ton père ait pu être quelqu'un d'autre que son frère Luc ne l'a peut-être même jamais effleuré. De là à dire qu'il a vécu par procuration, pendant toutes ces années, à travers le souvenir de son cher disparu, ne retenant du réel que les éléments conformes à sa version des faits, il n'y a qu'un pas. Certes.

Au mieux, nous le mettrons à l'ombre pendant quelques années. C'est bien vrai. Mais souviens-toi qu'il est aveugle. Mathieu Arbour ne reverra jamais la lumière du jour. Châtiment mérité, dirais-tu, châtiment exemplaire et sans doute suffisant. Mais ne nous laissons pas attendrir. Il a encore quelques atouts dans sa manche, mais nous l'aurons au détour. Il ne sait pas résister à l'envie de se confier. D'ailleurs, observe-le : il ne transpire plus. C'est un signe qui ne trompe pas. Il a repris confiance en lui. Autant dire qu'il est sur le point de lâcher prise ! Ce paradoxe t'étonne ? Et pourtant... L'expérience l'a maintes fois démontré : les sujets les plus sûrs d'eux-mêmes finissent toujours par se trahir. Du moment qu'ils surestiment leurs chances de s'en tirer, tu peux être certain qu'ils sont sur le point de commettre une erreur. Quand l'édifice entier de leurs mensonges et de leurs subterfuges s'écroule, c'est à peine s'ils le remarquent !

Ça y est ! Oui ! Tu te souviens parfaitement du sujet maintenant. Ça te revient ! Ce ton de voix, cette manie de tripoter son alliance et de se faire claquer les doigts toutes les trente secondes. Dieu du ciel ! Comment as-tu pu l'oublier ? Mathieu Arbour t'a bel et bien été présenté par ton grand-père Godin. N'était-ce pas au début de l'été, il doit y avoir cinq ou six ans de cela, peut-être davantage. Tu n'étais encore qu'un gamin et Mathieu Arbour t'avait fait une forte impression. Ton grand-père ne l'avait-il pas invité à passer le week-end sur son yacht ? Cela n'avait rien d'étonnant ; ton grand-père a toujours eu besoin de s'entourer. Tu aurais parfois souhaité partir seul avec lui à l'aventure ou pour une simple partie de pêche, mais on aurait dit qu'il lui fallait toujours de la compagnie. Le Vivaldi ne quittait jamais le quai qu'il ne soit bondé d'invités : des parents, des amis, des collègues de ton grand-père et plus rarement des clients de la banque se joignaient fatalement à toutes vos expéditions en mer. Naturellement, tu as oublié sous quel prétexte Mathieu Arbour s'était retrouvé à bord du Vivaldi ce week-end-là. Tu le reconnais maintenant à tous ces détails insignifiants qui t'irritent depuis le début de l'interrogatoire. À la rigidité de son maintien, à sa voix aussi, une voix dure qui sait pourtant se faire mielleuse. Ce Mathieu-là – car l'autre est désormais méconnaissable sans son masque – avait su s'attirer ta sympathie, un tour de force dont un très petit nombre des invités de ton grand-père avait pu se vanter. À vrai dire, nul autre. Il avait davantage de cheveux à l'époque et cela aussi a pu te tromper. Mathieu Arbour était affublé d'une invraisemblable tignasse blanche à propos de laquelle il ne dédaignait pas de plaisanter, répétant à qui voulait l'entendre que son frère et lui étaient, depuis l'enfance, affligés du même grisonnement prématuré. « Ça nous est tombé dessus sans prévenir au retour d'un voyage sur la Côte-Nord. » Puis, se tournant vers toi, il concluait – tu t'en souviens clairement maintenant, t'étonnant même d'avoir pu oublier une réplique aussi énigmatique et pleine de sous-entendus : « Ne crains rien, mon garçon, ce n'est sûrement pas héréditaire ! »

Mathieu Arbour avait fait l'impossible pour se rapprocher de toi, Simon, du gosse plutôt farouche et un peu trop sûr de sa supériorité que tu étais alors et que, peut-être, tu es demeuré secrètement. Ton grand-père n'avait-il pas mis le cap sur Exumas Keys, sa destination préférée des week-ends ? Ce chapelet d'îles enchanteresses, la plupart désertes, offrait un avant-goût de ce que pourrait être le paradis ; cela à moins d'une heure de navigation de Nassau. Il avait mouillé l'ancre dans une crique isolée bordée d'une plage immaculée de sable fin. Tu t'étais baigné dans les eaux cristallines, plongeant à la recherche de coquillages, d'étoiles de mer et recueillant parfois l'un de ces fameux silver dollars, *porte-bonheur si fragiles qu'une fois séchés au soleil une très légère pression du doigt suffit à les réduire en poudre.*

Arbour t'avait bientôt rejoint et s'était mis, lui aussi, à écumer les fonds marins. Il te faut l'admettre, tu te plaisais bien en compagnie de cet homme enjoué qui plongeait à tes côtés, s'émerveillait de ses découvertes, riait à gorge déployée et plongeait derechef en quête de nouveaux trophées.

Au bout d'un moment il repêcha, en effet, un objet curieux affectant la forme d'un tibia humain. Tu comprendrais plus tard qu'il s'agissait en fait d'une branche de corail sculptée par le ressac, mais dans l'instant, l'homme s'enthousiasmait de sa découverte et sa conviction d'avoir mis à jour une authentique relique datant de la glorieuse époque des pirates s'avéra contagieuse. Il devint bientôt évident qu'il en connaissait un bout sur le sujet. « Les pirates, expliqua-t-il, n'étaient pas les bêtes cruelles et sans loi que l'on imaginait. Bien sûr, ils étaient rebelles, ils pillaient allègrement et n'hésitaient pas à tuer leurs ennemis, mais s'ils ne reconnaissaient d'autre autorité que la leur, ils se soumettaient, entre eux, à un code de conduite des plus strict. Les pirates qui enfreignaient ces règles s'exposaient à des peines sévères. Un pirate trouvé coupable d'avoir gardé un secret qui aurait profité à l'équipage encourait la mort. S'il commettait un viol ou négligeait d'entretenir son arme : la mort. Et pas n'importe quelle mort : le supplice du naufrage. On abandonnait le fautif sur une île déserte, parfois un simple îlot rocheux, avec son arme, un peu de poudre et une bouteille d'eau douce. Le malheureux mourait lentement de faim et de soif, terrassé par un soleil cuisant. Voilà qui explique peut-être la présence de ces ossements sur la plage, mon garçon, tu ne crois pas ?ᵧ Mais savais-tu qu'il y avait aussi des femmes pirates ? Ça tu l'ignorais, bien sûr ! Eh oui ! Il y en eut et de fort célèbres. Mary Read, par exemple, fut pirate sous les ordres du fameux capitaine Rackam. Elle s'habillait comme un homme, se battait en duel et se lançait à l'abordage, l'épée d'une main, le pistolet dans l'autre, comme n'importe quel membre d'équipage. Quelle femme hors du commun, cette Mary Read ! Sais-tu qu'on la captura, qu'elle fut jugée et condamnée à la pendaison, ici même à New Providence ? S'adressant au juge qui prononça la sentence, Mary se déclara satisfaite du verdict. « Il faut bien, lui dit-elle, que la piraterie soit punie de mort, sinon tant de couards embrasseraient la carrière de pirate que les mers seraient infestées de vermine et les hommes de courage n'auraient plus qu'à se laisser mourir de faim ! » Qu'en penses-tu, Simon ? Moi, je dis qu'il n'y a pas assez de femmes comme cette Mary Read dans notre petit monde étriqué. Pas assez de Tahéré et de Mary Read. Ta mère s'appelait Nadia, pas vrai ? Tu ne l'as pas connue ? Eh bien ! Mon garçon, personne ne devrait avoir honte de sa propre mère. Je suis bien certain que c'était une femme de cette trempe-là, ta mère ! Une vraie furie. Qu'est-ce que j'en sais ? En voilà une remarque perspicace, mon garçon !

En fait, tu vois, il me suffit de te regarder. Tu m'as l'air d'être un sacré gaillard ! Et drôlement allumé pour ton âge ! Ta mère a dû être une femme épatante ! Crois-moi, je sais de quoi je parle. »

Tu n'avais pas l'habitude d'entendre parler de ta mère. Aujourd'hui encore, cela te met mal à l'aise. Une aura de mystère entoure sa disparition. Un silence difficile à assumer. Ton père, dans ses lettres, ne la mentionnait presque jamais. Ou s'il le faisait, c'était pour te dire à quel point elle aurait été fière de toi. En toutes circonstances. Alors, tu n'as pas été tellement surpris d'apprendre qu'il avait laissé cette longue lettre à ton intention. Ton père l'a, en effet, écrite cette nuit-là, à l'hôtel de la Licorne... Tu as lu ces feuillets ce matin et, assez curieusement, tu ne t'es pas senti aussi ému que tu l'aurais espéré. Pas autant, du moins, que tu ne l'es maintenant. Tout ce déballage, ces médisances à propos de tes parents t'affectent malgré toi et il serait sans doute plus sage de s'arrêter. Mais Mathieu Arbour n'en a pas fini avec nous. Non plus que nous avec lui. Cette vérité qui lui brûle les lèvres, il n'en tient qu'à nous, désormais, de la lui faire cracher.

À l'évidence, Mathieu Arbour est un homme rongé...

le recrutement des possédés

Des événements précurseurs ? Il y en a eu, oui. Bien sûr. Tous d'apparence anodine. Des choses insignifiantes auxquelles, sur le coup, je n'ai pas su être attentif. Insensiblement, j'étais arrivé au bout de mon rouleau.

En 1980, la maison de la rue Deschênes a été rasée. Notre enfance avec. La quête de la petite clé d'ivoire, désormais inutile, devint emblématique. C'est-à-dire qu'un sursaut de vérité (ou de folie) s'imposa. Aussi nécessaire que le seraient, disons, la conquête de l'espace et la raréfaction de l'ozone.

J'ai moi-même assisté à l'érosion fulgurante de la demeure familiale, ce matin de novembre. Les bulldozers ont rappliqué vers les sept heures. Ils étaient trois et ça n'a pas lésiné. Je crois qu'ils tirèrent au sort pour désigner celui qui aurait le privilège de s'attaquer à la façade.

Tu n'as plus dansé sur les décombres inassouvis
la mousse et les pierres
se souviennent du temps d'avant
les moissons de colères et les grandes marées

La caverne d'Ali Baba, le grenier, tous nos rêves furent pulvérisés en moins de temps qu'il n'en faut pour s'étendre dans l'herbe et avaler son extrait de naissance. Attention ! Je ne serais pas mort. Pas encore. J'aurais des comptes à régler. Ma vie rangée connaîtrait son terme, mais celui-ci, d'aucune manière, ne saurait coïncider avec l'épuisement des repères. Les bulldozers ne font que leur devoir.

Ce printemps-là, un beau samedi d'avril, Tahéré fut sou-
dainement en proie à un impérieux besoin de mettre de l'ordre
dans le grenier. Je résistai à cette idée avec l'énergie du désespoir, mais à la fin, gagné par l'enthousiasme enfantin qu'elle
manifestait chaque fois qu'il s'agissait de remuer un peu de
poussière ou de débusquer quelque vieillerie, je consentis à
monter là-haut avec elle. J'aurais dû savoir à quoi m'attendre.
Me méfier des déferlantes qu'on ne voit jamais arriver, qui vous
ramassent comme du bois sec, vous aplatissent et vous rejettent,
à bout de souffle, sur des rivages trop familiers.

Les premières malles que nous ouvrîmes contenaient les
jouets de la caverne d'Ali Baba, rescapés assez douteux de notre
enfance, miraculeusement conservés, bien rangés dans des
emballages de plastique désormais jaunis et cassants comme
du verre.

Tahéré s'étonna un peu de cette découverte et suggéra que
la plupart de ces jouets étaient *encore bons*. Il y avait une nuance
de reproche dans sa voix, qui disait grosso modo : « Tu savais
pourtant que ces jouets étaient ici, tu aurais pu en faire profiter
nos enfants mais tu ne l'as pas fait. »

– Toute cette camelote est franchement démodée.

– Pas tant que ça. Un camion de pompiers, des jeux de cons-
truction, ça ne se démode pas.

– Si tu le dis.

– Nous pourrions laisser les enfants choisir ce qui leur plaît
et donner le reste à une œuvre de charité.

A-t-elle perçu le frisson d'horreur qui m'a secoué ? Elle a
failli se rétracter.

– Tu n'y vois pas d'inconvénients, Mathieu ?

– Aucun.

J'étais atterré par le sentiment de ma propre puérilité. Au
fond, je n'aurais pas su lui dire ce que ces malles et leur contenu

représentaient pour moi. Elles étaient entreposées dans ce grenier depuis des lustres... Et j'avais si proprement enfoui mon passé dans ces malles que j'aurais pu m'abuser encore pendant des années, oublier jusqu'à leur existence. L'occulter infailliblement. Un interdit planait sur tout ce bric-à-brac sans que je puisse m'en expliquer la raison.

– Ça m'est égal, ai-je ajouté tel un somnambule.

– Tu en es sûr ?

– Certain.

L'une des malles contenait divers débris : des morceaux de métal ou des fragments en plastique aux couleurs agressives, des poupées démembrées, des éclats de matières difficiles à identifier. Se trouvaient là, en somme, toutes les merveilles qui, ayant échappé à la censure de Mère-en-personne, étaient tombées entre les mains industrieuses de ses brise-fer de fils.

J'eus encore un serrement au cœur, que je dissimulais assez mal, lorsque Tahéré décréta en voyant ce coffre rempli d'épaves :

– Le contenu de celle-là est *bon pour la poubelle.*

Oui. Elle avait raison. Nous étions *bons pour la poubelle,* Luc et moi, notre enfance, la clé d'ivoire de la caverne d'Ali Baba, Jean-Marc, notre père céleste, et même le Mauvais-souvenir-de-mère. Nous étions tous *bons pour la poubelle* ou le cimetière des éléphants...

Je détournai les yeux tandis que Tahéré entreprenait de trier les jouets en fonction de critères plus ou moins abstraits. Il y avait assurément pas mal de besogne à abattre dans ce grenier, mais je n'avais pas le cœur à l'ouvrage. L'encombrement était fastidieux. Je circulais avec peine entre les empilages de chaises vétustes et les meubles surannés. Dans un coin, le lazy-boy de père croulait sous une pile de vieux pneus. Stupéfiant, tout de même, de constater qu'il s'en dégage toujours la même odeur rance après toutes ces années.

123

C'est alors qu'au hasard de mes déambulations, ouvrant un tiroir de commode, je découvris les photos. Trois épreuves, bien rangées dans une boîte à souliers : deux portraits d'enfants estampillés du Studio France à Laval-des-Rapides et un instantané noir et blanc qui nous représentait ensemble, mon frère et moi. C'est d'abord le portrait de Luc qui attira mon attention. Il n'a pas plus de deux ans et demi sur cette photographie, mais déjà, on sent la présence du leader charismatique qu'il promet de devenir. Le photographe l'a fait asseoir sur une simple table dans une pose un peu trop théâtrale pour son âge, mais Luc vous regarde bien en face et, du haut de ses deux printemps, il semble vous décocher une œillade. Il incline un peu la tête – oh ! très légèrement ! Et dans un geste qui rappelle le jeu compassé des vedettes du cinéma muet, Luc a placé sa main gauche sur son cœur, paume offerte, presque suppliante ou en attente d'une grâce. Tout son être semble dire oui à cette grâce déjà si palpable...

Mon propre portrait, tout au contraire, me représente en plan rapproché. Ce cliché, le photographe a dû s'en contenter en désespoir de cause. J'ai l'air buté des plus mauvais jours, le regard inquiet et je ne desserre pas les lèvres. Les couettes anarchiques d'un cheveu blond très fin figurent des cornes et j'incline la tête à la façon d'un taureau ennuyé prêt à charger d'un instant à l'autre. Ajoutez à cela que j'ai le bras replié derrière la tête et qu'on aperçoit mon petit poing noir et crispé, prêt à frapper s'il le faut ou à lancer quelque chose, n'importe quoi, ne serait-ce qu'un maléfice pour conjurer les regards.

Le troisième cliché noir et blanc a sans doute été pris dans un champ en friche derrière la maison de la rue Deschênes. Nous sommes debout, Luc et moi, derrière un imposant feu de souches. Luc se tient devant moi, les bras ballants, mais de manière telle qu'il semble jaillir des flammes, salamandre au nez retroussé, djinn à la tignasse de corbeau ou archéon blême incommodé par la fumée. Je le domine encore d'une tête – quel âge pouvions-nous avoir ? De ma bouche grande ouverte, s'échappe sans doute un cri d'exultation auquel mon frère ne prête aucune attention. Mais ce qui frappe d'abord, sur cette photographie, c'est le poing d'un noir charbonneux que je brandis au-dessus de la tête de mon frère. Noir encore, inexplicablement, ce poing dressé vers le ciel en signe de défi.

À l'endos de chacune de ces photographies, on avait noté quelques mots à l'aide d'un crayon au plomb. Le pâle tracé des lettres paraissait vouer ces inscriptions à un effacement prématuré, de sorte que j'aurais pu ne rien remarquer. Pourtant, cette écriture hésitante et rabougrie m'était familière et reconnaissable entre toutes. Au verso de son propre portrait, Luc avait écrit :

à l'origine
ta main ne tremble pas plus qu'une autre
repousser les vagues à mains nues
semble facile

Je ne cherchai pas à comprendre et tentai aussitôt de déchiffrer les deux autres inscriptions, croyant que, peut-être, ces énigmes allaient s'éclairer mutuellement. À l'endos de mon propre portrait, je pus lire ces mots :

Tu n'as plus cherché dans le vent
le halètement de l'enfant qui a peur
le soleil donne à sa peau
des reflets centenaires ou affolés
la main qu'il tend vers la mer
ne lui revient jamais.

Enfin, derrière la seule photographie où mon frère et moi figurons ensemble, je pus déchiffrer dans l'écriture de Luc cette bravade un peu puérile qui restitue parfaitement, il me semble, l'esprit de notre enfance commune :

nous rirons – si tu veux
de la Mort
et brandirons devant Elle
nos épées de bois

L'ébranlement vint aussitôt. Il s'était ébauché au moment de grimper au grenier, s'était amplifié au spectacle de ces trésors oubliés, tant convoités dans une autre vie, désormais bons pour la poubelle ou pire, pour les œuvres de charité. L'ébranlement capital, définitif, vint de ces trois mots pratiquement illisibles griffonnés à l'endos d'un vieux cliché : *si tu veux...*

À condition que, moi, je le veuille ! Moi qui n'ai plus même la volonté de vouloir. Ni le moindre désir ni la plus petite envie.

« Si je savais, me disais-je, ce qui nous force à rester là, à nous braquer tels de stupides chevreuils devant les phares des trains routiers, à rouvrir les mêmes blessures à heure fixe, à recourir aux mêmes images obsédantes nuit après nuit ; si je savais cela, je ne serais pas ici à attendre que ça passe. »

« Attends que ça passe », disait le Mauvais-souvenir-de-mère-en-personne. Elle prescrivait toujours ce remède miracle chaque fois que je me plaignais d'un malaise quelconque. Luc, lui, ne se plaignait jamais. Il se riait de la souffrance comme de la mort et brandissait devant elles sa dérisoire épée de bois.

Je suis allé à Jasperville, pour la première fois, un peu plus tard cette année-là ; certain de pouvoir retracer Luc, ambitionnant même de le ramener à la maison. C'était en 1980, oui, l'année de toutes les déceptions, de toutes les désillusions. L'année de la Grande Moiteur...

Il m'a été facile de retrouver la pension Goodfellow, sise à deux pas du campus universitaire sur la Jasperville Main Street. La petite Anglaise volubile qui me reçut par ce frais matin de septembre s'avéra la sœur de l'autre. La vieille gribiche était souffrante et Miss Goodfellow numéro deux était venue du Maine pour veiller sur elle. Elle me fit comprendre que la pension était temporairement fermée. *She was very sorry, « but you know, my sister is suffering a nervous breakdown, so... »*

J'eus droit au récit détaillé des regrettables événements qui avaient précipité la pauvre Miss Goodfellow dans un état quasi catatonique. À la sortie du village, dans une baraque immonde, vivait un petit groupe de Canadiens-Français « *and I don't say they're worse than anybody else just because of that, but you know, the fact is my sister knew some of them !* »

La Miss était donc en état de choc depuis ce matin d'avril, lorsque sans raison apparente le saint-bernard « *of this bunch of hooligans* » s'était attaqué à Dixie, le caniche de la dame. « *In fact, sir, this monster just appeared in the driveway, grabbed the head of that poor little thing and crunched it right before her eyes.* »

Du haut de l'escalier parvint alors un râle plaintif émanant sans doute de la Miss, vraisemblablement à l'article de la mort. Je pris congé après m'être informé de la direction à prendre. « *You can't miss it, it's the crumbling shack at the end of the street !* »

Je n'eus pas trop de mal à dénicher *the crumbling shack* que Luc, dans ses lettres, appelait non sans une pointe d'ironie : le Château. La première fois que j'ai posé les yeux sur cet étrange vaisseau échoué de guingois tout au bout de l'allée de peupliers, j'ai pensé à Luc. J'ai été frappé par l'aspect des lucarnes, le bleu délavé, la conscience des ans. J'ai tout de suite su ce que mon frère avait voulu dire : on pouvait vivre dans cette baraque, on pouvait y vivre et s'approcher de nos rêves.

Je suis resté longtemps à fixer les fenêtres du haut, sans jamais désespérer de voir apparaître quelque ombre ou reflet qui eut évoqué la silhouette de Luc, captif de ses rêves ou attendant sagement que je vienne le tirer de là, le prendre par la main et lui dire : « Tais-toi. Tout ira bien. »

Le Château paraissait désert et je suis donc resté debout devant l'allée, bras ballants, accablé et stupide, *les yeux levés vers ce qui semblait être le vide.* Toute la matinée s'est écoulée ainsi, dans cette torpeur imbécile. Vers midi, la porte de devant s'est ouverte et une jeune fille aux longs cheveux blonds frisés, vêtue d'une espèce de houppelande de bergère, est venue s'asseoir sur la galerie.

Il n'y eut pas d'éclair dans le ciel, pas d'illumination intérieure, pas d'apparition, si ce n'est celle-là, d'une fille qui fredonnait doucement en caressant son petit ventre rond dissimulé sous la houppelande de laine ; il n'y eut pas de révélation, ni de voix d'outre-tombe ni de tonitruant présage. Et même s'il n'advint rien (Nadia ne regarda jamais dans ma direction et j'avoue avoir un instant souhaité qu'elle le fît), tout devint clair en moi. Je ressentis une paix profonde, comme le matin où nous avions, après d'incessantes recherches dans les montagnes, retrouvé Luc endormi dans le champ derrière la maison de la rue Deschênes. Le contour des choses redevint net et précis. Je sus que si mon frère avait bel et bien vécu entre ces murs, dormi dans ce grenier, s'il s'était agenouillé devant cette fille au ventre fécond, au teint pâle, à la démarche de somnambule, je ne le reverrais sans doute plus jamais.

J'arrivais trop tard et cette pensée, loin de me torturer, m'emplissait d'espoir. « Tais-toi, me suis-je dit, tout va bien. »

Bien sûr, je suis revenu à Jasperville. Oui, je suis retourné au Château, et même deux fois plutôt qu'une, dans l'espoir d'y découvrir quelque trace du passage de mon frère.

Je me suis souvenu d'un défi insensé que Luc avait décidé de relever alors que nous étions enfants. Pour autant que je sache, mon frère n'avait jamais renoncé à son ambition de lire tout ce qui s'était écrit depuis l'invention de l'imprimerie. Un projet absurde entre tous !

L'imprimerie a été inventée vers 1444. Jusque vers 1500, un lecteur consciencieux et assidu était peut-être en mesure de lire tout ce qui s'imprimait. Mais à partir du XVIe siècle, l'abondance de publications fut telle que personne n'a jamais pu prétendre à une lecture exhaustive. Nous entrions dans l'ère du résumé et du compte rendu. De nos jours, par exemple, un spécialiste des habitudes de reproduction des acariens responsables d'un certain type d'asthme allergique doit se taper chaque année entre cinquante-cinq et soixante mille pages d'articles, de rapports et d'études scientifiques qui touchent de près ou de loin à son champ d'étude ; soit une moyenne de 240 pages de lecture par jour ouvrable. Imaginez ! Rien que pour rester dans la course et se donner bonne conscience !

Alors mon frangin, pensez donc ! Pour tout lire, absolument tout, il a vite réalisé que neuf vies ne sauraient lui suffire. Il lui fallait l'éternité. Littéralement. Et il ne s'est pas fait prier.

À l'époque, j'avais eu l'idée de me rendre à la bibliothèque de l'Université de Jasperville dans l'espoir d'y trouver quelqu'un qui se souviendrait de mon frère et pourrait m'aider dans mes recherches. J'avais tapé dans le mille.

La bibliothécaire faisait partie des meubles. Tout à fait reconnaissable à l'odeur des vieilles boiseries et des livres rongés par l'acide dont elle s'occupait à longueur d'année, Miss Lennox crut peut-être, en me voyant pénétrer dans son antre, assister à l'apparition d'un revenant. Mes longues mèches de cheveux gris ou je ne sais quelle attitude familière lui rappelèrent mon frère. Pour moi, elle laissa tomber la langue de bois.

« *I was expecting you much earlier, son, much earlier... but here you are* », m'a-t-elle lancé d'entrée de jeu. « *This way, please* », enchaîna-t-elle sitôt que je lui eus, bien inutilement, expliqué le but de ma visite. « *The resemblance is astonishing* », dit-elle encore après avoir, pour mieux m'examiner, glissé ses lunettes sur son petit nez busqué. Miss Lennox, marchant devant moi à pas pressés et silencieux, m'entraîna vers le fond de la salle. Sans doute par habitude, elle parlait à voix basse bien que la bibliothèque fût déserte. Je parvins quand même à déduire quelques informations d'intérêt de ses propos quasi inaudibles entrecoupés de raclements de gorge.

Luc était venu ici, il avait fureté dans ces allées parmi les livres poussiéreux presque chaque jour pendant près de deux ans. Au cours de la première année, il avait emprunté, l'un après l'autre, méthodiquement, la plupart des livres anglais et allemands des ailes ouest et nord de la bibliothèque. Après quoi, il s'était attaqué à l'aile est où se trouvaient les volumes français. « *Your brother was so meticulous.* »

Il n'emportait pas moins d'une douzaine de bouquins à chacune de ses visites. Parvenait-il vraiment à tout lire ? Miss Lennox inclinait à croire que oui. Même si, en deux ans, ils n'avaient guère échangé plus de deux ou trois phrases, il semble qu'une relation de confiance s'était établie entre la bibliothécaire et lui.

« *I guess you could say he was not very talkative...* » précisat-elle, secouée d'un petit rire nerveux. « *I saw your brother for the very last time a year ago, on the thirty-first of March, to be exact. These are the books he borrowed.* »

« *Strangely enough* », m'expliqua Miss Lennox, quelqu'un avait déposé les livres sur un coin de son bureau quelques jours plus tard. Elle fut intriguée, bien sûr, mais les choses en restèrent là. « *Life goes on.* »

La vie continuait, en effet, mais la vieille bibliothécaire, curieusement, n'avait pas replacé les bouquins sur les rayons. Ils étaient toujours là, entassés pêle-mêle sur son bureau d'une propreté, par ailleurs, exemplaire. Superstitieuse, Miss Lennox ? Allez savoir !

Deux livres attirèrent tout particulièrement mon attention. Je trouvai d'abord un exemplaire du *Walam Olum, Chronique de la Nation Delaware-Lenâpé*, par un certain Samuel-Constantin Rafinesque-Schmaltz, un livre datant de 1836. Un passage avait été souligné : « *If a person of note dies far away from his place of residence, the Delawares will convey his bones home some considerable time after, to be buried there.* » Je savais bien que ce message m'était adressé. Luc avait espéré que je comprendrais ce qu'il attendait de moi. Et je n'étais pas homme à le décevoir. Pour me mettre sur sa piste, mon frère n'aurait pu trouver mieux que cette référence à nos chers guerriers delawares. Le cimetière secret des éléphants n'était pas loin. J'en percevais les effluves. Et je ne renoncerais pas, cette fois, avant d'en avoir foulé le sol sacré !

Le second ouvrage était un court roman : *L'écume des jours*, de Boris Vian, le Transcendant Satrape. Luc avait encadré la dernière page du volume. Je lus :

– Tu es bien bon, dit la souris.
– Mets ta tête dans ma gueule, dit le chat, et attends.

– Ça peut durer longtemps ? demanda la souris.

– Le temps que quelqu'un me marche sur la queue, dit le chat ; il me faut un réflexe rapide. Mais je la laisserai dépasser, n'aie pas peur.

La souris écarta les mâchoires du chat et fourra sa tête entre les dents aiguës. [...] Le chat laissa reposer avec précaution ses canines acérées sur le cou doux et gris. Les moustaches noires de la souris se mêlaient aux siennes. Il déroula sa queue touffue et la laissa traîner sur le trottoir.

Il venait, en chantant, onze petites filles aveugles de l'orphelinat de Jules l'Apostolique.

Dans la marge – je reconnus sans peine l'écriture torturée de mon frère –, Luc avait écrit : « Tout ça pour ça... » Son testament spirituel tient tout entier dans ces quelques mots... Il ne faut pas chercher à comprendre les génies de la trempe de Luc. D'abord parce qu'ils nous aveuglent, mais surtout parce que, peu importe sous quel angle nous considérons leur existence, elle nous déçoit. Vous comprenez, Luc était pour moi un être d'exception. J'étais, depuis toujours, disposé à l'accepter comme mon sauveur personnel. *My own private Redeemer.* Mais il avait choisi le suicide. Et si je ne pouvais rien y changer, je n'étais pas disposé à excuser ce choix.

La parabole du chat et de la souris était des plus explicite, elle aussi. À défaut de retrouver les *onze petites filles aveugles*, je pouvais me jeter aux trousses du *chat aux canines acérées*. Il ne m'a fallu que quelques minutes pour comprendre qu'il s'agissait de Stephen Galaczy. Mais pour être tout à fait honnête, je dois bien dire que j'ai consacré les dix-neuf dernières années de ma vie à tout mettre en place. Toute cette mascarade. Comme si mon salut en dépendait. Mais là-haut, sur sa colline, qu'est-ce qu'il a dû se bidonner, mon frère !

Non, je n'ai pas d'ennemi. Pas le moindre. Qui pourrait m'en vouloir ! Jamais fait de mal à une mouche, moi. Jamais.

Des amis ? Vous parlez sérieusement ? Vous m'avez bien regardé ?

Disons qu'il y a des gens qui m'apprécient et me le font sentir, qu'il y a des gens qui ne m'apprécient pas et me le font sentir aussi sec. Ça ne me gêne pas. *That's life !* Mais je n'attends rien de la vie, moi. Je sais ce que je veux et comment l'obtenir. Je sais où je veux aller et comment m'y rendre. Personne ne se met en travers de mon chemin. Jamais. Pourquoi ? Parce que personne ne soupçonne ma destination. J'ai l'air de rien. De faire une balade. D'aller dans toutes les directions, alors qu'en fait, je n'ai jamais eu qu'un seul but que personne n'a percé à jour.

J'ai toujours eu tendance à considérer ma petite personne avec ambivalence, à m'imaginer que sous le vernis des propos conciliants, derrière le masque affable du causeur élégant et cultivé, je demeurais une espèce de pitt bull irritable et excité, prêt à déchiqueter le premier citoyen qui me marcherait sur les pattes ; toujours pensé qu'avec mon *frame* de poulet, le seul terrain sur lequel je pourrais vaincre mes adversaires serait celui du discours. Les mots n'étaient-ils pas des armes impitoyables dont l'apprentissage et la maîtrise s'imposaient comme une pressante question de survie ? Dès l'âge de huit ou neuf ans, je me suis mis en tête que même au tapis, la lèvre fendue et le visage tuméfié, pour peu que je sois en mesure d'articuler trois mots, de décocher un trait, la victoire m'appartiendrait toujours. *Merciless.* À tous les coups.

Bien sûr, je pavoise, je mousse un peu. En fait, je suis presque aphone.

Pendant toutes ces années de vie semi-mondaine, dans les réceptions et les cocktails, j'ai longé les murs en lorgnant les sorties de secours. M'adressait-on la parole, je répondais par un discours monosyllabique. Oui. Non. Certainement. Enchanté. Avec plaisir.

La raison de ce mutisme forcené ? Disons que j'ai appris très tôt que les orgueilleux, en se présentant de front au combat, révèlent leurs faiblesses, comme les natures emportées trahissent stupidement les failles de leur cuirasse dès le premier assaut. Ça ne rate jamais. Mais je suis doué et je suis patient. J'ai la patience immobile et têtue des cobras qui hypnotisent leur proie avant de la gober sans effort. Je suis un farouche partisan de l'économie d'énergie.

J'ai de la maturité à revendre. Tout le monde le dit. C'est l'insulte suprême. Autant dire que j'ai mal tourné. J'aurais préféré faire des bêtises. Plein de bêtises. Et n'en conserver, le lendemain et les jours suivants, que le vague ravissement de l'innocence enfin perdue. Encore maintenant, je ne sais pas ce qui me retient de n'en faire qu'à ma tête.

Famadihana,
le retournement des morts

Les Malgaches d'Imérina, dans l'île de Madagascar, entretiennent avec les ossements de leurs morts une relation qui les distingue singulièrement des autres peuples. Les *famadihanas* (ou cérémonies du retournement des morts) comptent parmi les rites funéraires les plus spectaculaires qui soient au monde. Le terme *famadihana* désigne une panoplie de pratiques qui impliquent toutes, premièrement, l'exhumation de la dépouille d'un proche ; deuxièmement, le développement du corps enroulé dans des suaires de soie aux couleurs vives appelés *lambas menas* ; troisièmement, le remplacement des vieux *lambas menas* par des neufs ; et enfin, le *retournement* du défunt dans le tombeau familial. Les *famadihanas* nécessitent des mois de préparation et l'investissement de ressources matérielles souvent considérables. Il n'est pas rare que des centaines de personnes assistent à ces fêtes aux allures de célébrations dionysiaques qui s'étirent sur plusieurs jours et débutent, en général, par le sacrifice rituel d'un ou plusieurs taureaux. Lors de ces fêtes, le rhum coule à flot et les invités dansent frénétiquement au son des tambours et des flûtes sur des rythmes enlevants. Au jour et à l'heure précise déterminés de longue date par un astrologue, le tombeau familial est ouvert et les morts sont exhumés. Il va sans dire qu'une fois la mort introduite dans le monde des vivants, les plus grandes précautions doivent être prises afin de la contrôler. La profanation du tombeau, même sous cette forme ritualisée, demeure un sacrilège et comporte des risques dont les participants sont pleinement conscients. La famille procède au remplacement des *lambas menas*, tandis que l'assemblée chante et danse autour du tombeau. Le rhum et la danse aidant, l'atmosphère devient vite exubérante. Les morts sont alors promenés dans le village au son des tambours. L'excitation gagne bientôt les participants qui lancent les dépouilles dans les airs et les rattrapent en criant. Tandis que cette procession désordonnée revient vers le tombeau, on entend distinctement le fracas des ossements qui s'entrechoquent, se brisant même en éclats, bien souvent, tant ils sont malmenés.

Un vieux Malgache à qui l'on demandait pourquoi, à son avis, ces pratiques ancestrales étaient demeurées si populaires de nos jours, répondit : « Les morts, ils s'ennuient quand personne ne les touche. Il faut leur faire *famadihana*. Ça leur donne de la joie ! »

Depuis le jour où j'ai renoncé à retrouver mon frère jusqu'au 15 août dernier, jour de ma propre disparition, dix-huit ans se sont écoulés. Dix-huit courtes années pendant lesquelles la vie rangée fut tour à tour un champ de bataille et un havre de paix, un chemin de croix quotidien et un long rêve, une douce amnésie. J'aurais dû vivre ainsi toujours, mener cette bataille rangée un jour à la fois, me chosifier doucement dans cette accoutumance à la trivialité, oublieux de mon frère et de sa poésie, du Delaware et de toutes nos chimères enfantines. Un homme capable de cela serait de taille à accomplir de grandes choses. Mais je ne saurais croire, moi, une vérité qui serait donnée une fois pour toutes. De la sombre certitude dont elle émergerait, brutale et vindicative, j'aurais tout lieu de craindre qu'elle me dévore. Qu'en feriez-vous, d'ailleurs, de la vérité, si elle venait à passer sous votre fenêtre ? Vous la siffleriez sans doute dans l'espoir qu'elle vous remarque. Vous l'inviteriez peut-être à monter. Oui, oui ! Ne dites pas le contraire ! Vous brûleriez de convoitise !

Va falloir pédaler. Je sais.

Je ne dis pas ça pour vous contrarier, mais ne vous fiez pas trop à moi pour un compte rendu exact des événements. Bien sûr, je suis très fort quand il s'agit de me souvenir de certaines dates ou des reflets de la lune dans un coin précis de la maison à une époque déterminée de l'année. Il m'est aisé d'apporter des précisions pour étayer mon propos. Ainsi, par exemple, depuis que l'astronaute George Baldwin a joué au golf sur

Phobos, la moins minuscule des deux lunes martiennes, je dors seize heures par jour. C'est mathématique. Cela a commencé avec la retransmission en direct de son premier drive. Quel swing ! La balle est allée se perdre au milieu des trappes de poussières sidérales et ma conscience avec elle. Depuis, je dors. J'ai besoin de cet espace. Je n'en finis plus de dormir de ce sommeil agité et coupable. Je n'arrive à me sortir du lit qu'au prix d'efforts surhumains, pour me vider la vessie et vivre d'expédients. Dans un mois ou deux, le Russe Vassili aura atteint Callisto. Ce sera le premier homme à surfer sur un satellite jovien. J'ai bien peur, quand arrivera ce jour fatidique, de devoir entrer en période d'hibernation prolongée et de dormir sans discontinuer jusqu'au prochain référendum...

C'est une lourde tâche, en vérité, que vous m'avez confiée. Vous deviez pourtant savoir que ce serait au-dessus de mes forces. D'ailleurs, comment ne l'auriez-vous pas su, vous qui planez au-delà de toute contingence terrestre. N'êtes-vous pas habilité à m'interrompre quand bon vous semble. À me rejeter, s'il le faut, avec toute la désinvolture que nous vous connaissons, par simple caprice ou parce que vous avez soudain l'impression d'avoir quelque chose de plus important ou de plus agréable à faire.

Vous ne saurez jamais à quel point j'envie cet arbitraire dont vous paraissez investis, qui fait de vous des dieux cruels et mesquins. Si je me rends à vos arguments, c'est que j'en soupçonne la qualité définitive. Rien au monde ne me prédispose davantage au repentir que votre morgue. Un jugement sans appel, voilà ce qui manquera toujours au réquisitoire fallacieux d'anges tels que nous.

Mais j'abuse de votre confiance, je m'en rends bien compte, c'est pourquoi j'aimerais beaucoup, puisque vous m'y autorisez, revenir à cet après-midi du mois d'août, le jour de ma disparition. Il y a huit mois, maintenant.

Ma décision était prise depuis des années, mais rien ne me prédisposait à disparaître ce jour-là plutôt qu'un autre. Pour me rendre au bureau, j'aurais dû tourner à droite aux premiers feux de circulation. Sans trop mesurer la portée de mon geste, j'ai pris à gauche et roulé un moment. Une fois hors de la ville, j'ai rangé la voiture sur l'accotement, puis j'ai coupé le moteur... Le temps de respirer un bon coup et de comprendre ce qui était en train de m'arriver. Bien que chacun des gestes que je m'apprêtais à accomplir ait été planifié de longue date, j'avais conscience d'avoir enclenché un processus inexorable. Je savais que pour récupérer un semblant d'équilibre, il me fallait retrouver Luc une fois pour toutes. Mort ou vif. C'est l'expression consacrée.

J'eus un moment d'attendrissement à la pensée de Tahéré et de nos quatre enfants. Un léger accès de sentimentalisme outrancier. Toutes proportions gardées, j'avais anticipé bien pire. Je n'eus pas de regrets ou si j'en eus, je les balayai d'un rire grotesque, effrayant. Une dernière pensée sincère me traversa l'esprit : j'allais tenter de les oublier. Tous. C'était la moindre des choses. Il était 7 h 45 et ce tout dernier moment de lucidité était à marquer d'une pierre blanche.

Il ne me restait plus qu'à choisir une direction. La rose des vents ne me fut d'aucun secours. Le sud exerçait un attrait puissant, même à cette époque de l'année. Pas facile de résister à la tentation du soleil bahamien, vainqueur omnipotent, au magnétisme des plages qui s'étirent sans fin, à la moiteur commode que l'océan déverse en vous. Mais les vagues éme-raude et chaudes favorisent l'hébétude et si j'ignorais de quoi j'avais le plus besoin dans l'immédiat, j'avais une idée assez précise de ce que je cherchais à éviter. L'engourdissement ne représentait pas une option. De toute façon, il aurait été déraisonnable de retourner une fois de plus à Nassau. Je pou-vais envisager d'y aller quand tout serait fini, peut-être même de m'y retirer définitivement, mais pas avant d'avoir retrouvé Luc.

J'éprouvai soudain un tel désœuvrement que j'en vins presque à me demander pourquoi je souhaitais tant partir. En fait, j'avais seulement besoin d'une planque sûre où je pour-rais, tout à loisir, peaufiner ma tactique d'approche. J'avais déjà Charles Godin sous la main, mais Galaczy allait me donner du fil à retordre. Je ne pouvais espérer l'approcher que par per-sonne interposée. Et il fallait procéder en douceur, avec tact.

Si Jasperville représentait sans aucun doute ma destination finale, j'allais devoir faire un sacré détour. Je savais que la métropole constituait un arrêt obligatoire, une espèce de trem-plin. L'anonymat de la grande ville s'avérait une bénédiction pour quelqu'un dans ma situation. J'abandonnai ma voiture sur une route de campagne et revins en ville à pied. De là, je n'ai eu qu'à prendre le bus. Je savais que la découverte, sur une route secondaire, de la Buick flambant neuve d'un citoyen respectable et en vue de notre petit patelin allait susciter un certain émoi. Pour une fois, nos forces de l'ordre allaient devoir se remuer le train et les médias locaux auraient une histoire à raconter ! Mais cette manœuvre de diversion n'allait pas les occuper bien longtemps. Ils ont, en effet, pendant quelques jours, étudié la thèse de l'enlèvement, organisé des battues. Il s'est bien trouvé deux ou trois péquenots pour déclarer m'avoir aperçu au terminus ce matin-là, mais personne ne voulut croire qu'un homme de ma condition avait pu fuguer, comme le dernier des adolescents boutonneux.

Pendant que, chez moi, on remuait ciel et terre pour me retrouver, je débarquais dans la métropole, expédiais quelques affaires urgentes pendant la journée et descendais au Hilton le soir.

Have you stayed at a Hilton lately ? « Tous les Hilton de la terre se ressemblent », dit la chanson. C'est de la pure connerie ! Laissez-moi vous dire que si vous commettez la bêtise de vous présenter sans réservation à la réception du Hilton vers trois heures du matin, vous aurez peut-être, comme moi, le plaisir d'entendre la réceptionniste vous offrir, pour seulement 150 $ la nuitée, une chambre équipée d'un divan-lit !

Comme il est tard et que vous êtes vanné, vous vous dites qu'après tout, un divan-lit au Hilton, quand bien même ça coûterait la peau des fesses, c'est mieux qu'un banc au parc Lafayette qui, lui, pourrait vous coûter la vie. Vous acceptez la proposition, vous souriez béatement et vous allongez l'argent sans même soupçonner l'arnaque. Car c'est légal. Voilà la beauté de la chose ! Ces gens-là se disent peut-être que si vous êtes assez jobard pour louer une chambre sans lit à 150 $ la nuitée, vous n'êtes pas digne du sommeil du juste.

La chambre est au quinzième étage, à l'autre bout du labyrinthe, et si vous la trouvez avant l'aube, vous méritez déjà une médaille et l'indicible bonheur de déposer enfin vos bagages et de prendre une douche. La salle de bains est vaste, luxueuse même, avec son bain-tourbillon, son comptoir de marbre rouge, ses miroirs panoramiques. Bien rangées le long du mur, vous ne trouverez pas moins de six serviettes de bain. Vous pouvez bien prendre une douche toutes les heures, vous aurez toujours une serviette propre et sèche sous la main. À bien y penser, vous feriez bien de prendre une douche toutes les heures, ne serait-ce que pour vous tenir éveillé, car il n'y a pas de lit dans cette chambre à 150 $ la nuitée.

La décoration est à l'avenant : douze planches illustrées représentant des plantes rares et des fleurs exotiques s'étalent sur les murs de votre chambre. Ces gens-là pensent à tout ! Vous pouvez bien, si vous consentez à y passer la nuit, vous absorber dans l'étude de la flore et mémoriser les noms latins d'une bonne centaine d'espèces de fleurs. À l'aube, le *narcissus totus luteus* et le *tulipalitea miniate punctata* n'auront plus de secrets pour vous. Quel homme de bien voudrait encore dormir quand il a une chance de parfaire ses connaissances en botanique !

Quant au divan-lit, c'est un instrument de torture plutôt oublié de nos jours, mais il a connu ses heures de gloire entre le Haut Moyen Âge et la fin de la Grande Noirceur. Son installation pourrait bien, à elle seule, vous occuper une bonne partie de la nuit. Si, malgré vos nombreuses activités (entre les douches successives et l'étude de la botanique), vous réussissez à vous ménager deux ou trois heures de temps libre et que vous les consacrez exclusivement au déploiement de l'engin, vous pourrez espérer vous étendre quelques minutes avant l'aube et tenter de vous assoupir sur cette planche à ressorts digne des fakirs les plus audacieux.

Dès le lendemain, j'ai emménagé rue Saint-Paul, dans un hôtel minable pour touristes dévoyés. Là, je me suis mis au travail.

La première chose à faire était de reprendre contact avec Reza. J'ai eu la partie facile. Reza m'aime bien. Cet enfoiré n'a même pas sourcillé en apprenant que j'avais plaqué ma femme et nos quatre enfants. Et pour ce genre de type, les considérations personnelles ne comptent pas, c'est toujours *business as usual*. Peu importe que vous travailliez pour votre propre compte, celui de Big Brother ou d'Allah, pourvu qu'à la fin, vous ayez le sentiment du devoir accompli !

Tout ce que je peux dire, c'est que Reza m'a été d'un grand secours. J'ai une dette envers ce fils de pute. Après tout, c'est à lui que je dois d'avoir rencontré Shirine. Je n'aurais rien pu faire sans cette fille. Rien.

L'agitation syncopée de la métropole ne m'était pas familière et c'est pourquoi je paraissais destiné à heurter les badauds de plein fouet, à leur marcher sur les pieds, à chercher dans leurs regards méprisants un indice ou une preuve de ma propre survie. Combien de fois ai-je été frappé de stupeur en apercevant, même furtivement, mon reflet dans les vitrines du centre-ville ? Ce visage très pâle à l'ossature saillante, c'était le mien ; les rides au coin des yeux, le front fuyant, toutes ces évidences m'étaient révélées comme la consécration de ma décrépitude.

Je n'étais jamais entré dans ce bar. Le Tatum Road. Une clientèle un peu fauve s'y prélassait en plein milieu de l'après-midi sur des airs de jazz ou de blues. De toute évidence, la plupart de ces jeunes gens sortaient à peine du lit. La fille était assise à la table du fond. Elle avait ce petit air mutin qui m'avait fait craquer pour Tahéré dix-neuf ans plus tôt. Je sais. Elle aurait pu être ma fille. Même chevelure noire, même grâce orientale, même teint de cuivre. Un regard vif et pétillant de promesses. Un corps mince et ferme qui semblait défier la gravité.

Mon premier réflexe a été de commander un double Amaretto, la liqueur de l'amour. Le parfum des amandes me monta bien vite à la tête et j'en commandai un deuxième. Un double, pour me donner une contenance. Je me suis approché de sa table et lui ai demandé si je pouvais me joindre à elle. Elle a semblé étonnée, mais elle ne m'a pas repoussé. Bien sûr, ça ne se fait plus. C'était plutôt vieux jeu. Je me suis présenté. Elle a fait de même : « Shirine ».

Je l'aurais parié : c'était bien elle. Reza l'avait parfaitement décrite. Je lui ai demandé si elle connaissait la signification de son nom : Shirine, sucrée. Elle a dit : « Bien sûr ! » en me balançant une œillade on ne peut plus sirupeuse !

Nous avons discuté un peu. En bon élève, je lui ai répété les trois phrases de persan que j'avais apprises par cœur et elle s'est bien foutu de moi et de mon impossible accent :

– *Agar ar rouz farsi harf bézanam, iad miguiram.* (Si je parle persan chaque jour, je finirai par apprendre.)

– *Inch'Allah !* (Si Dieu le veut !)

Nous nous sommes dévisagé un moment, soucieux de croire que notre rencontre ne serait pas qu'un arrangement banal, quelque chose que nous oublierions tous deux avant la fin de la journée.

J'avais le mauvais rôle dans tout ça. Comme toujours. Jamais su parler aux femmes. Les toucher, oui ; mais leur parler, ça ! Les préliminaires obligés de la séduction ont toujours été pour moi autant de pièges et d'écueils auxquels je ne puis me résoudre sans me faire violence.

Cette fois, pourtant, je n'y suis pas allé par quatre chemins.

– J'ai une proposition plutôt inusitée à te faire, Shirine.

– J'aime assez les propositions, surtout si elles sont inusitées !

Elle était intriguée. La fraîcheur ! La spontanéité ! Je ne pouvais pas mieux tomber. La moindre émotion traversait ce visage à la vitesse de la lumière. Elle se livrait en toute confiance, sans la moindre retenue. Avec ça, d'une témérité délicieuse et apparemment sans limites.

J'étais disposé à lui offrir cinq cents dollars si elle consentait à me suivre jusqu'à mon hôtel et me tenait compagnie le reste de la journée. Elle était partante. Une heure plus tard nous étions dans cette chambre minable et je sablais le champagne en l'honneur de Shirine, ma perle sucrée. Dieu que je la convoitais ! Cinq cents dollars me paraissaient une somme dérisoire pour la possession fugitive de cet inestimable trésor.

Elle a commencé à se dévêtir, et tandis que la splendeur surnaturelle de ce corps juvénile m'était révélée, j'ai eu un doute affreux. Prenait-elle plaisir à ce jeu puéril ou me donnait-elle le change ?

Ses seins en amande auraient pu se gorger de lait tiède, je m'en serais saoulé. La peau si lisse et cuivrée de son ventre. Le tracé délicat de son nombril. Ses lèvres fines, d'un rose coquillage, que couronnait une toison ténébreuse. Tout en elle, jusqu'à la pudeur de son maintien, sonnait la charge à l'ogre qui sommeillait en moi depuis toujours. Je me suis approché d'elle. J'ai même posé mes mains profanes sur cette image pieuse, ce soleil de vérité.

Mais je jure que ça n'a pas été plus loin.

Vous devez bien connaître ce sentiment, cette impression d'être en train de passer à côté de quelque chose d'unique, d'un événement qui pourrait, à lui seul, modifier votre destinée. Cette éventualité provoque un irrépressible tremblement intérieur. Vous pressentez qu'il suffirait de presque rien. Un geste d'ouverture, un regard à peine plus appuyé que le précédent. Vous n'auriez qu'à tendre les bras et l'attirer doucement vers vous, laisser courir vos doigts dans ses cheveux, prononcer son nom d'une voix douce et sucrée comme un secret trop longtemps gardé ; lui faire sentir que tout devient possible, du consentement des corps à la résolution des mystères. Vous y êtes. Elle n'a plus qu'à se laisser aller, elle va appuyer sa tête sur votre épaule et tout sera dit. C'est à ce moment-là que la mémoire vous revient : cette fille est là pour le fric. Rien d'autre.

La mort dans l'âme, je l'ai suppliée de se rhabiller, d'empocher les billets et de disparaître.

Quand je pense que je pourrais être dans ses bras en ce moment même, me vautrer sur ce corps d'une perfection inouïe, la remplir encore et encore et lui arracher des cris de délivrance. Quand j'y repense, oui, je me dis que la profondeur de l'abîme se mesure en années-lumière, que j'aurais mieux fait de rester chez moi, d'égrener le tiède chapelet des jours mornes et heureux. Ceux d'avant.

> *l'épisode de la fêlure*
> *disait l'ampleur de la désolation*
> *acquise à la traînée de poudre*
> *à l'encolure chaude des tourments*

Elle se rhabillait avec une lenteur calculée, comme s'il lui paraissait indécent d'empocher autant d'argent pour aussi peu d'efforts. Conscience professionnelle ou simple coquetterie de sa part ? Un fossé s'était creusé entre nous. J'en oubliais presque ma mission. C'est elle qui, sans le savoir, m'a remis sur les rails.

– Qu'est-ce que vous faites dans la vie ? a-t-elle demandé, comme pour relancer une conversation.

– J'étais éleveur.

– Éleveur de bétail ?

– Non, de marmaille.

– Ah bon ?

Une fille a beau s'attendre à n'importe quoi, je dépassais les bornes. Mais elle y mettait du cœur, la Shirine.

– Vous avez dit « j'étais », ça veut dire que vous ne l'êtes plus ?

– Non, pour l'instant j'enquête.

Elle a eu un léger mouvement de recul. C'était très parlant, très authentique. Elle a penché la tête légèrement, comme une gentille petite chèvre qui s'apprêterait à charger les plates-bandes.

– Vous êtes de la police ?

– Non ! Tu parles ! Je fais ça à titre privé.

– Alors vous êtes détective privé ?

Manifestement, je ne l'avais pas rassurée. Elle en était maintenant à boutonner son blouson et je savais que si je ne réagissais pas très vite, l'oiseau allait bientôt étendre les ailes et s'envoler pour de bon.

– Non, je ne suis pas détective, tu n'as rien à craindre.

– Je n'ai pas peur de vous !

– Bien sûr, je veux dire, non, c'est certain. Je mène une petite enquête, je fais ça à titre personnel, tu vois. Je cherche un homme.

– Alors vous êtes une espèce de philosophe ou quelque chose comme ça, a-t-elle riposté, narquoise.

De nos jours, la preuve en est faite, les putes ont bien plus d'éducation que la plupart de leurs clients.

– Non, je suis simplement à la recherche de mon frère. Il y a une quinzaine d'années qu'il a disparu.

– Ça fait un bail, quinze ans, a-t-elle lâché d'un ton rêveur tout en enfilant ses bottes de cuir. Et vous pensez le retrouver ?

– Non. Mais j'espère bien retracer un type qui l'a bien connu à l'époque. Un certain Galaczy.

Je l'avais dit.

Shirine ne parut pas troublée outre mesure. Au contraire, la professionnelle en elle s'en trouvait rassurée. Une chance lui était offerte de mériter les cinq billets qu'elle fourrait maintenant dans sa petite culotte en ayant l'air de dire : « Vas-y, mon bonhomme, pose tes questions, qu'on en finisse. »

– Je le connais votre type. C'est une drôle d'ordure. Faudrait pas trop vous y frotter.

– Je sais, on me l'a dit. Mais j'aurais besoin de lui parler.

– Facile. Stephen traîne souvent au Némésis, un bar assez mal foutu pas loin d'ici. Vous l'y trouverez un soir sur deux.

Mais vous feriez mieux d'avoir une bonne raison de vous asseoir à sa table. Depuis qu'il s'est remis au smac, Galaczy est
complètement parano.

— C'est pour ça que tu peux m'aider, Shirine. Tu le connais
bien.

— Personne ne connaît ce tordu mieux que moi. C'est vrai.
Mais j'ai déjà donné, non merci !

— Shirine, mon ange, il y a encore cinq billets à la clé si tu
veux bien me donner un petit coup de main. Je veux coincer ce
salaud, tu comprends, je veux le mettre hors circuit.

Elle a eu l'air d'apprécier. Nous avons conclu notre marché.
Reza ne s'était pas trompé : cette fille n'avait pas froid aux yeux.

Ma première rencontre avec Stephen Galaczy eut lieu deux semaines plus tard. Shirine m'avait précédé et ils m'attendaient tous deux au Némésis. Sans doute Galaczy y revendait-il de la came aux petits pushers de la rue. Le dernier de mes soucis. Ce fut à peine s'il remarqua mon arrivée. Croyez-moi, si cet homme miné par la peur et la paranoïa, d'une vanité démesurée, conservait une apparence juvénile malgré la quarantaine, il n'avait rien du voyant extralucide que j'avais imaginé. Ou bien mon frère Luc avait grossièrement surestimé ce type ou alors la dope avait eu raison de lui. N'empêche qu'une intensité particulière subsistait dans son regard, un certain charisme, un reliquat de grandeur hallucinée, peut-être. Mais pas davantage.

La discussion fut laborieuse, c'est le moins qu'on puisse dire. Les négociations durèrent plusieurs heures.

Alors, oui, que je vous explique. Le plan était tordu, c'est sans doute pour ça qu'il a fonctionné si merveilleusement !

Tout d'abord, il paraissait évident que l'hôtel de la Licorne, dont Galaczy était toujours propriétaire, battait dangereusement de l'aile. Galaczy ne s'en occupait à peu près plus, négligeait de payer les comptes et se contentait, un soir ou deux par semaine, de vider le tiroir-caisse avant de revenir en ville se défoncer jusqu'aux yeux. Nous avions donc convenu que Shirine me présenterait à lui en tant qu'investisseur potentiel. Elle avait préparé le terrain et lui avait parlé de moi en termes non équivoques : j'étais l'un de ses meilleurs clients, bourré aux as, un peu naïf, le poireau idéal, une aubaine qui ne se présentait qu'une seule fois dans une vie et qu'on ne pouvait pas rater. Vous voyez ça d'ici. Il s'agissait de le convaincre d'accepter un associé dans l'affaire. J'apporterais le capital, financerais certaines rénovations, des aménagements qui permettraient, à moyen terme, de rentabiliser l'hôtel de la Licorne et de le revendre avec un bénéfice appréciable. J'étais même disposé à lui laisser les rênes et à rester dans l'ombre. En contrepartie, Galaczy devait s'engager à demeurer parfaitement sobre ou se soumettre, le cas échéant, à une cure de désintoxication.

Pouvez-vous le croire ! Ce fou dangereux a marché ! J'aurais voulu que vous le voyiez s'enflammer pour ce projet, bomber le torse et fermer les yeux, subjugué, remerciant secrètement la Providence d'avoir mis un pigeon si bien rembourré sur son chemin !

Moins d'une semaine plus tard, nous avons signé la paperasse chez le notaire. C'est comme ça que, du jour au lendemain, je suis devenu copropriétaire de l'hôtel de la Licorne et que Stephen Galaczy, en moins de temps qu'il ne lui en a fallu pour *s'enfoncer le pic dans le bras*, s'est retrouvé sur la paille...

Oui. Parce que, bien sûr, il était écrit qu'il ne tiendrait pas plus d'une semaine. Dès qu'on a eu signé les papiers, l'entente entrait en vigueur. Shirine n'a plus quitté Galaczy d'une semelle et à la minute où il s'est procuré sa dose de smac, j'étais à deux pas derrière lui, prêt à le conduire moi-même au centre de désintox ! Le pauvre bougre n'a jamais compris ce qui venait de lui arriver. Derrière le parfait salaud, cherchez bien, vous trouverez toujours le salopard intégral. C'est lui qui tire toutes les ficelles. Pas la peine d'en rajouter. Je sais de quoi je parle.

Début octobre, j'ai compris qu'à ce rythme d'enfer, je ne passerais pas l'hiver. Je n'ai pas chômé, vous pouvez me croire. Il fallait faire en sorte que tout se mette en place le plus naturellement du monde. Comme par magie, Galaczy s'est retrouvé dans la même maison de désintox que Charles Godin. La bêtise de l'homme moyen, c'est de croire au hasard. Le hasard, mes frères, c'est un remède de bonne femme ! J'ai dû rassurer tout le monde. Calmer les ardeurs et la témérité de l'un, raviver les vieilles rancunes de l'autre. C'est un travail de tous les diables. Beaucoup plus exigeant que de bosser à l'usine, croyez-en mon expérience.

Décembre aussi a été un mois difficile.

souviens-toi qu'en décembre
il faudra du temps dur
en janvier davantage
de soufre
et des envolées de granit
février sera d'une lenteur
à découper les poitrines

Avez-vous la moindre idée de la rapidité avec laquelle un citoyen de la classe moyenne peut dilapider le patrimoine familial et les économies de toute une vie ? J'avais dépensé sans compter. Mes REÉR avaient fondu comme neige au soleil, mes cartes de crédit flirtaient avec l'abîme. J'avais un urgent besoin de capitaux pour financer mon projet. J'ai eu des regrets en pensant à Tahéré, aux enfants. Ça a duré vingt-six secondes en tout et pour tout. Mais que signifient les regrets d'un homme en regard de la justice divine et de l'imparable châtiment de l'Auguste ? Pas même un dérisoire sursis.

Personne ne voudra croire qu'après huit mois en vadrouille, j'aurais donné n'importe quoi pour réintégrer la vie rangée. Je rêvais de Tahéré, de sa peau sombre et de son odeur à nulle autre pareille. Même les jérémiades incessantes de notre marmaille commençaient à me manquer...

Quelques jours avant de passer à l'action, j'ai téléphoné à la maison.

C'était pure lâcheté de ma part.

Tahéré ne parut même pas surprise d'entendre ma voix.

« De toutes les fleurs de mon jardin, dit-elle, je suis la plus vulnérable. C'est la consolation à laquelle j'ai dû me résoudre à un âge où les saisons s'estompent rapidement au profit des minutes et des heures. »

Tout en parlant, elle semblait évoquer un ailleurs, un au-delà de notre vie commune qui, d'incongru, de déplacé, devint vite insupportable. Je ne voulus plus l'écouter. Je me taisais, secouant la tête dans le ridicule espoir d'empêcher ces mots-là d'arriver jusqu'à moi, de me contaminer et de sectionner un à un les derniers fils qui me retenaient à la vie rangée. Je n'attendis pas qu'elle se répande en grotesques aveux. Je sentais trop bien où elle m'amenait. Je me disais que non, ce n'est pas en train d'arriver. Pourtant oui, ça me tombait dessus comme un crachat dans l'œil. Quand elle se décida enfin à parler, ce fut pour dire : « J'ai refait ma vie, Mathieu, tu comprends... » J'entendis distinctement les points de suspension et déposai le combiné.

Elle avait dit : « J'ai refait ma vie. »

157

Avait-elle réellement employé l'expression consacrée ? Cela paraissait incroyable, mais elle l'avait dit : « J'ai refait ma vie. » J'eus beau tenter de me convaincre que rien de tout cela n'était vraiment arrivé. Ce n'était encore qu'une façon malhonnête de me disculper. De faire d'elle un bouc émissaire assez commode. Encore une fois. J'avais cru que ma disparition la plongerait dans un état de dépression, d'affaissement général et irréversible. J'avais tort. Elle rayonnait comme jamais ! C'était une sacrée bonne femme. J'aurais dû me méfier ! Mais l'amour était bien mort. Il avait occupé un segment défini et rigide de mon parcours. J'avais cru en l'immuabilité de ce sentiment comme à une chose sacrée. Et je m'étais trompé. Ça ne pesait pas bien lourd dans la balance. L'ennui, c'est que je me sentis floué et que je me trompais encore plus. Lourdement. Personne n'était responsable de ce qui n'arriverait jamais, personne n'assumerait ce futur avorté. Je n'avais jamais envisagé les conséquences d'une aussi terrible méprise. On ne m'y reprendrait plus, à mendier des miettes.

Je m'en rendais bien compte, quelque chose en moi s'était détraqué pour de bon. Je ne savais pas quoi. C'était lié à tous ces faux départs, peut-être, cette série d'actes manqués et de choix discutables. « Certains choix, martelait Mère-en-personne, nous engagent pour la vie. » Tant qu'on y croit. Pendant toutes ces années, j'avais fait semblant d'y croire. J'aurais pu continuer sur cette voie du milieu encore longtemps, si je l'avais voulu. Seulement, je n'ai plus rien désiré que la vérité et c'est là que j'ai déraillé. Face à l'inconvenante vérité. Que personne n'a envie d'entendre, qu'on montre du doigt, sur laquelle on s'acharne comme des vautours.

Notre folie se nourrit-elle de ce que nous imaginons de pire ou de l'horreur inspirée de ce que nous tenons pour la vérité ?

Je ne peux même pas en vouloir à Tahéré de m'avoir traité comme elle l'a fait. Elle ne viendrait pas à mon secours, cette fois, je l'ai compris. Elle a refait sa vie. J'ai bien mérité son mépris. Je n'ai pas honte de le dire. Je l'ai soulevé à l'arraché, *in extremis*.

Tu n'as plus mangé dans sa main
sans éprouver une espèce de pitié

À quel rythme endiablé sauriez-vous la refaire, votre vie, si un ange compatissant se donnait la peine de la défaire pour vous ?

Le grand jour est arrivé et il a bien fallu faire face. La Nuit de la Licorne était à portée de main, comme une espèce de petite lueur au fond des yeux.

Galaczy s'était enfui du centre de désintox, mais je l'avais à l'œil. Les junkies sont si routiniers... Leurs journées sont réglées comme du papier à musique : une dose, une transaction, une dose, une transaction ; jusqu'à la déperdition complète.

Quant à Godin, il avait terminé le programme de désintox avec succès. Je l'avais gonflé à bloc. Un détonateur ambulant. Une petite bombe artisanale. Il s'était braqué sur Galaczy avec tant d'assurance et de zèle que j'en étais ému !

Je n'avais plus qu'à le laisser marcher, en toute confiance, vers sa destinée.

L'illusion était parfaite. Charles Godin n'a jamais douté une seule seconde qu'il allait enfin assouvir sa vengeance. Que Galaczy allait payer pour la mort de Nadia et l'exil de leur fils... Je suis bien certain qu'il n'a jamais eu une pensée pour Luc. La mort de mon frère n'a jamais été pour lui qu'un incident banal, insignifiant. Une simple erreur de parcours. Ma mission consistait justement à lui rappeler que personne n'est innocent. Comment pouvait-il en être autrement ?

Oui, vint le grand jour !

J'avais suivi Godin depuis le début de l'après-midi. Il avait quitté sa chambre vers 13 heures, muni d'une serviette noire. Vers 13 h 45, au volant d'une voiture de location, il est revenu vers le centre-ville, a garé la voiture à deux pas de la Terrasse Ulysse et attendu. Les deux Iraniens ont rappliqué autour de 14 heures. En retard, comme toujours. Reza et son gorille, le dénommé Farid, sont passés à deux pas de l'endroit où j'étais. Ils ont fait mine de ne pas me voir et, sur le coup, j'ai interprété ça comme un présage favorable.

Non. J'ai observé toute la scène de loin. Comme convenu, ils se sont installés tous les trois à une table près de la fenêtre. Ils ont commandé à boire et discuté un certain temps. Reza avait l'air contrarié et l'autre n'arrêtait pas de gesticuler et de baragouiner. Pendant une minute, j'ai bien cru qu'ils allaient tout faire rater.

Au bout d'un moment, les esprits se sont calmés et il m'a semblé qu'ils parvenaient à s'entendre. Farid a empoigné la serviette noire de Godin et s'est dirigé vers les toilettes. Godin ne tenait plus le coup. Il jetait de brefs coups d'œil à la ronde comme s'il s'était attendu à voir l'escouade des stups débarquer d'un instant à l'autre.

Ça, c'était ma partie du contrat ! Charles n'a jamais douté de ma bonne foi. Je n'avais pas prévenu les stups. C'était bien mieux comme ça. Après tout, cette histoire ne les concernait pas. On resterait en famille.

Quelques minutes se sont écoulées. Farid est sorti des lavabos, il est passé devant les deux autres sans s'arrêter, a payé les consommations et s'est retrouvé sur le trottoir en moins de deux. La serviette avait disparu et, par la même occasion, on aurait dit que Farid avait perdu pas mal de poids. Presque aussitôt, ce fut au tour de Godin d'avoir une envie pressante. Il est entré dans les toilettes pour en ressortir une minute plus tard, serrant la serviette contre son flanc.

Vous n'imaginez pas à quel point j'étais fier de lui ! Mon petit Charles était parfait, vraiment. Les Iraniens ont attendu qu'il s'engage sur le boulevard et aussitôt qu'il a eu tourné au carrefour, ils se sont précipités dans ma voiture.

– Alors ?

– Alors quoi ?

– Ça s'est bien passé ?

– Non, pas très. Ton gars, c'est une espèce de kamikaze ? Je n'aime pas le savoir dans la nature avec un Berretta chargé et mes deux kilos de poudre.

– Écoute-moi bien, Reza. Changement de programme : vous deux, vous rentrez chez vous.

– J'aime pas ça.

– Au contraire, tu vas adorer. Godin t'a payé la moitié de la came, comme convenu ?

– Oui. Et maintenant va falloir le suivre jusque là-bas et jouer les *baby sitters* jusqu'à l'arrivée de l'autre abruti. Mais Godin est tellement allumé qu'il risque de passer l'autre avant qu'on ait pu récupérer le cash.

– Ça, c'est la bonne nouvelle. Ton argent est dans le sac sur la banquette arrière. Tout y est : tout ce que Godin te doit encore, plus la dette de Galaczy. Il y a même un petit extra pour Farid et toi.

– Pourquoi fais-tu tout ça ? Ces salopards ne le méritent pas.

– Je sais mieux que personne ce qu'ils méritent.

Que ce soit bien clair entre nous : je ne suis pas responsable de la mort de ces deux hommes. Ils portaient cette violence. On aurait dit, oui, qu'ils l'appelaient. Qu'une marque indélébile sur leurs fronts, dans la dureté de leurs regards, les désignait à la fois comme bourreaux et victimes de cette mémorable boucherie.

J'avais mis en scène ce monstrueux ballet, c'est vrai. J'ai même tenu à y assister. Comme quoi j'ai le sens des convenances ! N'étais-je pas leur hôte à tous, bien que ce fût à leur insu.

N'allez pas non plus imaginer que j'ai fait tout ça de sang-froid. J'avais peur. Je transpirais. Rien n'a plus d'importance maintenant, me disais-je. Tout sera consommé dans un instant. Respire ! Respire ! Bon sang, n'oublie pas de respirer. Tout ira bien. C'est juste un mauvais quart d'heure. Ça ira. Cesse de trembler.

Faut-il se résigner à la rareté de l'air ? Le souffle court. Bien malin qui le rattraperait. Le moindre atome d'oxygène devient précieux. Indispensable.

Vous n'y êtes pas du tout. Je n'ai jamais songé à venger la mort de mon frère. Charles Godin m'avait raconté les circonstances de son suicide et je n'avais aucune raison de douter de sa parole. Je n'ai même pas été surpris. Luc n'aurait pas su crever comme tout le monde. D'un cancer ou d'une crise cardiaque. D'un accident de la route ou d'une balle entre les deux yeux. Il lui fallait quelque chose d'inédit. Une dose massive de datura. L'Herbe du Diable, la bien nommée. D'après Godin, mon frère s'était lui-même éjecté de ce bas monde en toute connaissance de cause. Un premier avril. Comme s'il avait voulu prouver qu'il conservait un certain sens de l'humour ! *Nous rirons de la mort et brandirons devant Elle nos épées de bois.*

Vous pouvez me croire quand je dis que je ne les ai jamais tenus responsables de la mort de Luc. Ce que je n'ai jamais pu souffrir, c'est l'ignominieux semblant de sépulture que ces brutes lui avaient réservé. Galaczy et Godin avaient leur propre contentieux à régler. Je ne me suis pas immiscé dans leurs affaires. Disons que j'ai mis les parties en présence et que je me suis assuré qu'ils n'allaient pas se défiler une fois de plus. C'est tout. Rétrospectivement, vous devez admettre que, malgré les apparences, ma contribution a été dérisoire.

Je suis un mal nécessaire. Dans l'exacte mesure où je n'ai rien à me reprocher. J'ai bien pensé renoncer. Mille fois je me suis repenti de ce que j'allais entreprendre, mais je me suis repris en main chaque fois. Je suis zélé. Je ne cède pas facilement aux pressions, qu'elles soient indues ou induites. J'ai la fragilité, la raideur, le souffle court et l'intransigeance des survivants. Fuir n'a jamais représenté un choix. Il fallait en finir.

Je me suis retrouvé à Jasperville, devant l'hôtel de la Licorne, en moins d'une heure. Godin m'avait précédé de quelques minutes.

Le bar de l'hôtel de la Licorne ressemble à n'importe quel autre trou à rat du même genre. L'arrière-pays en est plein. Nous avons bien tenté de préserver le cachet de la vieille demeure victorienne, mais le Château était facilement reconnaissable sous son déguisement BCBG. Certains éléments du décor faisaient tache. L'ensemble avait quelque chose de surfait, comme si à vouloir se mettre au goût du jour nous avions perdu de vue l'essentiel. Une patine un peu trop artificielle, peut-être. Un peu comme si le Château avait perdu son âme quelque part entre le pavage de l'allée et la petite enseigne de bois verni. Ai-je besoin de vous dire que c'était le dernier de mes soucis ?

Non, les employés de l'hôtel ne me connaissaient pas, si c'est à cela que vous faites allusion. J'avais promis à Galaczy de me faire discret et en son absence, j'avais chargé Shirine de s'occuper de l'hôtel. En me voyant débarquer, les membres du personnel ont cru avoir affaire à un client comme les autres. J'ai une sacrée tête. Je sais. Une tête de veau. Qu'on mène. Oui. Qu'on mène à l'abattoir. La disgrâce n'a rien d'humiliant. On s'y fait. Une tête à rabais. C'est bien moins pire que ça en a l'air. Il suffit de me dire que c'est l'originale et que je ne l'ai pas volée. Je vous l'ai déjà dit : d'habitude on ne me remarque pas. Je crois bien que, de toute ma vie, personne ne s'est jamais retourné sur mon passage. Je suis la banalité incarnée.

Depuis que j'étais installé près de cette fenêtre, pourtant, le barman me regardait d'un air suspicieux. Cette espèce de gros tas de viande frétillante et flasque voulait peut-être ma photo ! Godin était assis au bar et me tournait le dos. Je jubilais à l'idée qu'il pouvait, à tout moment, pivoter dans ma direction et m'apercevoir. Oui. J'ai ce côté joueur et la gageure me plaisait bien : la pensée que la réussite de mon plan ne tenait qu'à ces éventualités, que Godin se tourne et me voie ou qu'il n'en fasse rien et demeure cramponné au bar comme à une dérisoire bouée de sauvetage. Voilà pourtant ce qu'il fit de bonne grâce pendant près de quatre heures, avalant méthodiquement une rasade de cognac après l'autre. Une fois grisé, il s'est levé avec la grâce d'un ours savant et s'est dirigé vers la réception de l'hôtel. J'avais déjà réservé pour moi-même la chambre 22, sachant bien que Charles Godin n'en voudrait pas d'autre. À chacun ses lubies, pas vrai ? Il dut se résigner à prendre l'une des chambres contiguës.

– M. Godin, dites-vous ? m'a demandé la rouquine qui tenait la réception ce soir-là. Il vient de monter. Chambre 20. Non monsieur, il n'avait pas l'air contrarié. Oui, bien sûr, avec plaisir, je lui ferai le message. Bon séjour, M. Arbour.

À pas feutrés, je suis monté à ma chambre. J'avais toute la nuit devant moi. La nuit étale. Je me suis allongé sur le lit et me suis assoupi un moment.

C'est la voix de Godin, allant et venant dans sa chambre tel un ours en cage, qui m'a réveillé. J'ai cru qu'il délirait. J'avais pris un risque inconsidéré en le laissant seul avec une valise de poudre et une arme de poing. Il aurait pu se dégonfler, prendre la clé des champs. Il ne l'a pas fait.

Je me suis approché du mur mitoyen et l'ai écouté. Oui. À l'aide d'un verre renversé contre lequel vous appuyez l'oreille. Je ne connais pas de meilleur truc. Combien de fois nous sommes-nous adonnés à ce jeu, mon frère et moi ? La chambre de nos parents jouxtait la nôtre et si les grognements de père résonnaient dans toute la maison, un simple verre retourné contre le mur nous permettait d'entendre distinctement les plaintes de Mère-en-personne. Ça nous rassurait. De savoir que père avait, en certaines occasions, le dessus…

Plusieurs fois, cette nuit-là, j'ai entendu Charles appeler Nadia. Il s'adressait à cette interlocutrice imaginaire avec tant de conviction et de sincérité qu'à certains moments j'aurais juré qu'elle se trouvait là avec lui, dans cette chambre, et recueillait la confession de cet homme aussi patiemment que vous la mienne à cette minute précise.

Tandis que Charles Godin invoquait sa bien-aimée ou rédigeait en silence la lettre qu'il m'avait fait promettre de remettre en main propre à son fils Simon, c'est vers Luc que se tournait naturellement mon esprit.

De l'unique fenêtre de la chambre 22 de l'hôtel de la Licorne, je contemplais la colline légendaire qui avait hanté nos rêves adolescents, si proche qu'il me suffisait d'étendre la main pour la toucher ou réentendre la voix rassurante de mon frère disant : « C'est là qu'il faut aller. » Mais je ne comprenais toujours pas les motifs de son suicide. À mes yeux, le suicide est une abomination. Non pas que je sois croyant ! Ne vous méprenez pas. Simplement quelque chose d'incompréhensible. Totalement. Comme si cette fascination morbide de certains êtres pour leur propre anéantissement représentait la plus vile des déchéances. La plus vaine. Parce qu'on ne sait jamais ce que nous réserve l'avenir et que renoncer à y faire face, c'est s'avouer vaincu avant même de livrer bataille. Et je l'ai livrée, moi, cette *bataille rangée*. Je l'ai livrée à la place de Luc. Je ne me suis pas dégonflé !

J'en fais trop ? D'accord. Ce sera mon épitaphe ! Tenez, notez-la bien : *Ci-gît un homme rangé qui en faisait toujours trop !*

À l'aube, j'ai rejoint Godin dans sa chambre. Vous auriez dû voir sa gueule ! Il s'attendait à tout sauf à me voir planté là, sourire aux lèvres. Frais comme une rose ! Le Berretta lui en est tombé des mains. Je n'ai eu qu'à me pencher pour le ramasser.

La nuit avait été éprouvante et ça se voyait. Godin avait bu. Je crois aussi qu'il avait sérieusement entamé le sac de poudre. Je m'avançai vers la table et jetai un œil aux feuillets. Il y en avait des masses. Godin n'avait pas chômé.

– Qu'est-ce que vous foutez là ?

– Je suis venu chercher la paperasse, comme convenu. C'est pas toi qui voulais que j'apporte tout ça à ton fils ? Je pars pour Nassau dans quelques jours, je lui remettrai en main propre. C'est bien ce que tu souhaites, non ?

– Mais non... Vous... Vous ne deviez pas venir ici. Galaczy va débarquer d'une minute à l'autre. Il faut que vous partiez. Vous allez tout faire foirer.

Le voilà dans tous ses états. Il court de la porte à la fenêtre, gesticule.

– Vous êtes sûr de ne pas avoir été suivi ? Personne ne vous a vu entrer ici, n'est-ce pas ?

Je crois que Godin s'imaginait encore, à ce moment-là, avoir un joker dans sa manche et pouvoir sauver sa mise. Il n'avait qu'à me jeter dehors, je ne représentais à ses yeux qu'un contre-temps, un grain de sable dans l'engrenage. Galaczy allait se pointer et tout se passerait comme prévu. La grande erreur de

Charles Godin aura été de croire qu'on peut improviser un règlement de comptes. Il n'y a pas de place pour l'improvisation et le hasard dans ce genre de scénario. Le plan le plus méticuleux peut devenir un cauchemar si le Berretta change de main ou si l'on a mal choisi son associé.

On a frappé à la porte de la chambre et Galaczy est entré. Pile à l'heure. Il nous a dévisagés un moment, il a lorgné discrètement le sac de poudre avant de m'apostropher.

– Qu'est-ce que tu fous là, toi ?

– Et toi ? ai-je rétorqué.

– Bordel, mais je rêve ! Vous vous connaissez ? a lancé un Godin subitement dégrisé.

Il s'attendait à voir l'escouade des stups rappliquer d'une seconde à l'autre et je dois admettre que j'éprouvais un vif plaisir à voir sa face de fouine se décomposer à mesure qu'il prenait conscience de sa situation : les flics ne se manifesteraient pas.

Je n'ai pas résisté à l'envie de lui assener quelques vérités essentielles.

– Ils ne viendront pas, Charles. Il n'y a plus que nous trois maintenant.

– Mais les Iraniens ?

– Eux non plus, Charles. Ils ont eu leur argent. C'est tout ce qui compte à leurs yeux.

Galaczy s'amusait ferme. D'une phénoménale insouciance jusqu'à la toute dernière seconde. Il n'avait pas la moindre idée de ce qui lui tombait dessus.

– Vous êtes débiles ou quoi ! C'est quoi cette histoire ? Quelqu'un va m'expliquer, à la fin ?

Ni Charles ni moi ne faisions attention à lui. Ça l'a un peu vexé. Alors quand il s'est approché du sac de poudre dans l'idée de l'escamoter et qu'il a lancé : « Bon, ça y est, vous faites comme vous voulez, moi je me tire », il a bien fallu que je lui fasse voir le joujou que j'avais en main. Les pistolets Berretta semi-automatiques ont cette formidable force de persuasion silencieuse. J'en suis chaque fois émerveillé. Il s'est assis sur le lit, apparemment résigné à son sort. Godin et moi avons pu poursuivre tranquillement notre conversation.

– Espèce de sale faux cul ! rugissait Charles, tu n'as jamais eu l'intention de prévenir les flics, c'est ça ?

Poser la question, c'était y répondre.

– Qu'est-ce que tu me veux au juste ?

Je n'ai pas eu à lui faire un dessin. La photographie de Luc suffisait largement.

– C'est donc ça.

– Oui.

– Tu n'avais qu'à le demander.

– Je l'ai fait, rappelle-toi : il y a presque vingt ans de ça, je suis venu jusqu'ici. C'était bien avant que la maison ne soit rénovée et convertie en auberge, bien avant que tu ne te mettes à déconner avec la coke. Tu vivais avec cette fille...

– Nadia.

– C'est ça, Nadia. Elle était enceinte jusqu'aux yeux. Elle m'a invité à entrer et j'allais lui montrer cette photographie quand tu t'es interposé. Tu as dit : « On ne connaît pas ce gars. » Puis, sans le moindre égard, tu m'as poussé vers la sortie.

– Je me souviens de ça, mais c'était pas toi, c'était... un autre type.

– C'était moi, Charles. On aurait dit que vous veniez d'apercevoir un revenant. Nadia se penchait par-dessus ton épaule pour voir la photographie et pendant un moment, j'aurais juré qu'elle reconnaissait mon frère.

– Ton frère ?

C'était la voix de Galaczy. Le grand dadais se sentait tout à coup drôlement concerné.

– Oui. Luc Arbour, alias Choucas. C'était mon frère.

– Sacré Choucas...

Cette image éreintante, d'une espèce de corbeau gris étendu, raide, dans sa petite cabane de bois rond, les ailes ridiculement crispées ; cette image d'une netteté impitoyable leur était restée en mémoire malgré tous leurs efforts. Ils avaient depuis long-temps renoncé à s'en départir.

L'atmosphère s'est détendue peu à peu. Après tout, ils n'étaient pas responsables de la mort de Choucas, « *ou Luc si tu préfères, vieux* », c'est vrai, il s'était envoyé une telle quan-tité de cette cochonnerie d'Herbe du Diable qu'ils n'avaient rien pu faire, « *il était déjà drôlement raide quand on l'a trouvé, il s'est fait ça tout seul, nous on l'aimait bien ton frère, c'était un drôle d'oiseau quand même, on n'a jamais compris pourquoi il s'était fait ça de toute façon* », alors bien sûr je pouvais com-prendre qu'ils n'avaient pas eu le choix de faire, enfin... de faire ce qu'ils avaient fait. Je n'allais quand même pas les trucider pour une bêtise de jeunesse, « *ça fait vingt ans qu'il mange les pissenlits par la racine, tu penses peut-être qu'il nous en veut pour ça ! Pas son genre. Et puis, il ne nous a jamais dit qu'il avait de la famille. Avoir su !* »

Avoir su quoi ? Qu'il était amoureux fou de Nadia ? Qu'il les valait tous, toute la satanée tribu, à lui seul ? Qu'il avait été davantage qu'un frère, pour moi ? Qu'il serait devenu quelqu'un de bien si on lui avait donné sa chance ? Qu'il était en route pour le Delaware avant de venir s'échouer dans ce trou mi-nable ? Qu'il aurait tout lu, absolument tout ce qui s'est écrit si seulement on lui en avait laissé le temps ? Et qu'il avait un fils, aussi peut-être, non ? Avoir su qu'il était le père de Simon ! Ah ! Ça vous la coupe, ça, hein ! Mes salauds ! Avoir su !

Nous avons pris tout notre temps. Luc et Nadia méritaient bien ça. Nous sommes montés là-haut, tous les trois. Armés, l'un d'une pelle, l'autre d'une pioche et le troisième d'un Berretta 9mm semi-automatique. Ils ont renâclé un peu, pour la forme, mais n'allez pas croire que je suis homme à m'en laisser imposer. Ç'a été long, pénible, mais nous en sommes venus à bout. On peut dire qu'aucun de nous n'était préparé à voir ce que nous découvrîmes sous ces pierres. Mais je fus certainement, de nous trois, le seul à comprendre la nature de cet étrange phénomène. Le visage de Nadia, la pureté de ses traits juvéniles, tout, jusqu'à ses mains fines et cassantes comme du verre, avait été miraculeusement préservé. Je me suis souvenu de ces fruits magnétisés par mon frère quand nous n'étions encore que des gamins. Et si je n'ai jamais douté des dons de Luc, je n'aurais jamais imaginé qu'ils pouvaient se manifester de cette façon. Il semble que mon frère, mort, avait davantage de magnétisme qu'il n'en eut jamais vivant. Que m'importait, désormais, puisque je l'avais vu. Touché. Puisque la fièvre, en moi, s'était calmée à son contact.

Comme je m'y étais attendu, mes deux protégés n'ont pas tardé à en venir aux mains. Il a suffit de quelques bons mots. Si Godin avait toujours tenu Galaczy responsable de la mort de Nadia, il ignorait d'où provenait la came que ce dernier lui avait procurée. Là où il est, maintenant, je suppose qu'il le sait. Et que son seul regret, pour l'éternité, sera de ne pas s'en être pris à la bonne personne. Je me tue à vous le répéter : ce sont les risques du métier…

J'avais mon billet d'avion en poche. J'aurais pu, si je l'avais voulu, survoler le Delaware à trente-sept mille pieds d'altitude, confortablement installé sur le siège 21-A du vol 980 d'Air

Canada à destination de Nassau. J'aurais pu tout à loisir contempler les reflets dorés du soleil, le sillage des chalutiers de pêche dans la baie du Delaware et peut-être, ainsi, exorciser – à même l'abondance de lumière – ce lieu de perdition. Le Delaware... Quitte à assister au déploiement céleste d'un troupeau entier d'éléphants en quête, eux aussi, d'une parcelle de terre où poser leurs têtes énormes.

Mettre le cap sur l'île de New Providence, la bien nommée, aurait signifié, pour une fois, tenir parole. N'avais-je pas juré solennellement à Charles Godin que j'irais moi-même aux Bahamas quand tout serait fini, remettre en main propre à son fils Simon la lettre incendiaire qu'il avait pris la peine de lui écrire cette nuit-là ? Godin avait consacré les dernières heures de sa vie à rédiger ce testament illisible, y joignant des extraits de son journal intime et quelques photographies de Nadia. Aussi méritait-il sans doute que je me plie de bonne grâce à cette exigence. La dernière, la seule qu'il ait jamais formulée.

J'avais risqué ma vie. J'aurais pu y prendre goût. Revendre les deux kilos de poudre achetés des Iraniens aurait pu rapporter gros. Trouver des acheteurs aurait été l'affaire de deux ou trois coups de téléphone. Mais j'ai pensé que cela ferait beaucoup plus crédible de laisser la poudre sur place. Sans cela, auriez-vous cru la thèse du règlement de compte ? Banal. Mais quatre macchabées tout proprets, bien rangés côte à côte, ça vous requinque un enquêteur, pas vrai ? Pas banal. Aussi vous n'alliez pas manquer de découvrir nombre d'anomalies et de vous sentir très vite enclins, n'est-ce pas, avec des trépassés aussi singuliers que ceux-là sur les bras, à tout remettre en cause, voire à douter de votre vocation.

Vous voyez bien qu'il avait tout prévu, l'aveugle !

Tu voudrais qu'il se taise. Pas vrai Simon ? Qu'il la ferme deux secondes, sa grande gueule. Tu en as la nausée rien que d'y penser : ce type est peut-être ton oncle. Mais tu es venu de loin pour entendre la confession de ce mollusque. D'aussi loin que Nassau, par le vol de Miami. À un certain moment, le commandant a dit que vous alliez bientôt survoler Washington et tu t'es penché sur le hublot. À travers la mince couche nuageuse, tu as cru discerner la baie du Delaware et puis tu n'y as plus repensé parce que ça n'a jamais été autre chose à tes yeux qu'une mare insignifiante, une minuscule flaque tapie au fond du ciel.

Ton grand-père Godin t'avait pourtant déconseillé de faire ce voyage. « Qu'est-ce que ça va te rapporter d'aller là-bas ? Tu vas te faire du mal. Laisse les morts enterrer leurs morts, ça vaut toujours mieux. » Ton grand-père Godin en connaît un bout sur la question. Il dit que tu tiens ça de ton pauvre père, cet acharnement à vouloir toujours faire la lumière sur tout. Ton grand-père ne cesse de répéter que rien n'est jamais tout à fait noir ou blanc, dans la vie, et qu'il faut accepter qu'il en soit ainsi, qu'il n'y a pas moyen d'être heureux sans ça... Jusqu'à aujourd'hui, tu as cru qu'il se trompait. Tu ne supportes plus les zones grises...

Mais nous le tenons, cette fois. Mathieu Arbour est mouillé jusqu'au cou ! Cet Iranien, ce Reza, c'est un trafiquant notoire. Ça fait bien dix ans que les gars des stups l'ont à l'œil. Si nous

174

pouvons prouver qu'Arbour a été son courrier pendant toutes ces années, notre homme est bon pour une longue, très longue séance de placard. Il a sans doute blanchi des millions pour le compte de la pègre iranienne. Ça ne sera pas facile à prouver, mais d'une confidence à l'autre, nous finirons bien par découvrir le filon. Ne vous méprenez pas. Dans cette affaire, tout se tient. C'est l'engrenage fatal.

Certains soirs, le balafré de service tarde à se cicatriser. On se dit qu'il va cracher le morceau, faire son nid, vider son sac, pondre sa couvée, aller à l'essentiel. Il n'y a plus qu'à le rassurer un peu. Il y est presque, il va tout déballer. Il retient ses larmes, il enfonce ses orbites au moyen de ses poings ridicules. Une petite tape dans le dos, un clin d'œil complice et le tour est joué. On se dit tout ça. On croit bien faire, mais ce n'est jamais aussi simple que ça en a l'air. Le train va partir sans nous, l'aube se pointe et le balafré de service perd tout intérêt.

Bien sûr, il a encore tout à perdre. Son mariage, sa famille, sa réputation, son plan de retraite : tout cela, c'est bien fini, envolé, bazardé à vil prix, à rabais, pour une chanson. Mais son âme...

Il la jouera. Quitte ou double. Encore tout à perdre.

Nous ne craignons rien. Mathieu Arbour est aveugle. Dans cet état, il ne saurait nous nuire. Alors l'envie nous vient d'en faire trop, de l'intimider, de le malmener, de le tabasser, pour la forme et parce qu'il le mérite bien. Mais si nous n'y prenions garde, nous y prendrions goût. Assurément. Il semble n'avoir été mis au monde qu'à cette fin : permettre l'assouvissement de nos plus bas instincts. Ce qui nous retiendra, tout à l'heure, de lui infliger les pires sévices ? La certitude qu'il en tirerait une satisfaction morbide. Son crime s'estompe à mesure que le châtiment se précise. À la fin, même la vengeance n'a plus d'odeur. On l'a escamotée. Comme si tromper la vigilance des dieux devenait un sport, une compétition aux règles mal définies. Qui sera étonné d'apprendre qu'ils trichent, eux aussi ?

Tu as sous les yeux les clichés trouvés en possession du sujet. Alors, forcément tu ne peux les ignorer. Ils s'imposent à ton esprit dans leur netteté démentielle. Mathieu Arbour est parfaitement reconnaissable sur chacune de ces photographies. Son regard halluciné et l'exaltation morbide qui se lit sur son visage contrastent avec l'attitude pondérée qu'il affiche depuis le début de l'interrogatoire ; mais c'est bien lui. Il n'y a pas non plus le moindre doute quant à la nature de ce qu'il tient dans sa main gauche : c'est un crâne humain d'une blancheur aveuglante. Un crâne bien lisse que le sujet semble caresser de sa main libre. De sa main noire, étrangement crispée. Oui, ça, tu pourrais le jurer à la barre : ce crâne qu'il exhibe en souriant, il le caresse de son poing noir, plus noir que le fond de son cœur.

Que te faut-il de plus ?
Sur le dernier cliché, le visage de ta mère. Intact.

Ce mystérieux phénomène a fait couler beaucoup d'encre ces derniers jours et ça ne fait que commencer. Des chercheurs de partout ont manifesté leur intérêt, certains sont même déjà en route pour venir l'étudier sur place. Il n'y a vraiment rien que nous puissions faire contre ça, mais sois bien certain que nous prendrons toutes les mesures nécessaires afin que tout soit fait dans la dignité et le respect. Il s'agit d'un cas unique, tu dois le comprendre. Les résultats des analyses préliminaires que nous avons demandées nous serons bientôt communiqués, mais ils ne feront que confirmer nos soupçons. Les tissus ont été miraculeusement préservés et tout laisse croire qu'ils ont été, pour ainsi dire, pétrifiés sous l'effet d'un magnétisme quelconque.

Il faudra t'armer de patience, Simon. L'attention du monde entier s'est braquée sur cette image et Mathieu Arbour avait bien raison de le dire : « Une fois que la machine à tisser des légendes s'est mise en branle, il faut être fou pour vouloir se mettre sur son chemin. » Rien ne l'arrêtera plus, maintenant.

Oui, en effet, un simple test d'ADN permettrait de déterminer lequel de ces trois hommes est véritablement ton père. Charles Godin ? Luc Arbour ? Stephen Galaczy ? Tu préfères peut-être demeurer dans l'expectative ? Oui, bien sûr.

Tu n'es quand même pas désespéré au point de vouloir forcer la vérité à tout prix ! Cela ne t'avancerait à rien. Dans ton for intérieur, le jugement est sans appel : tu es le fils de ta mère et tu le demeureras envers et contre toutes les présomptions de paternité imaginables. Mais tu aimerais tout de même comprendre, et tandis que tu reportes ton regard sur Mathieu Arbour, seul avec ses pensées dans ce qui pourrait être la pièce voisine, ce documentaire télévisé te revient en mémoire, tu ne devais pas avoir plus de sept ou huit ans, à l'époque : on y montrait un cimetière d'éléphants. Tu t'en souviens parfaitement : la fascination de ces mastodontes pour les ossements de leurs congénères, la vénération avec laquelle ils les considèrent et s'en approchent, la solennité de leurs gestes quand ils caressent les crânes évidés et blanchis, le profond respect dont ils entourent les reliques de leurs proches...

l'aveuglement

Je veux bien qu'il soit trop tard pour recommencer à zéro. Il est toujours trop tard pour ça, non ? Mais allez comprendre comment il se fait que tout nous rattrape, toujours. Les regrets, la belle-famille, les sondages d'opinion, les cotisations syndicales, le Mauvais-souvenir-de-mère-en-personne... Tout nous rattrape, sans qu'il soit possible d'envisager un nouveau départ.

J'en ai eu marre de tout ce cirque et je suis rentré chez moi. Je suis arrivé au début de la nuit. La maison respirait paisiblement. Ma maison. J'étais heureux. J'en oubliais les propos amers de Tahéré. J'avais hâte de revoir mes enfants. Une irrépressible envie de les serrer contre moi, de leur ouvrir mon cœur, leur dire combien ils m'avaient manqué. J'étais disposé à toutes les humiliations, à tous les reproches. Je n'aspirais qu'à une servitude complète, infinie. La vie rangée me sauverait de moi-même, me comblerait pour les siècles à venir. Je serais, de nouveau, un père bienveillant, un mari docile, un citoyen paisible, un honnête travailleur. J'exultais en approchant la clé de la serrure. J'allais enfin pouvoir dormir de ce sommeil plus blanc que blanc, sans rêve, qui est le lot des hommes bienheureux.

Je suis entré à pas feutrés, pour ne pas réveiller les enfants. Je n'ai pas allumé. Je m'apprêtais à monter l'escalier quand le coup de feu a retenti. Pendant une fraction de seconde, à la lueur de la décharge, j'ai pu voir la silhouette du tireur. C'est la dernière personne qu'il m'a été donné de voir. Il est clair qu'à cette distance, un tireur expérimenté n'aurait pas pu me rater. La balle

181

est passée à un cheveu de m'arracher le crâne. Je suis aveugle et les médecins disent que j'ai une chance de tous les diables de m'en tirer à si bon compte.

Mon fils n'a que treize ans. L'innocence incarnée. Tout le portrait de son père. Ma disparition a été pour lui l'occasion de se faire valoir. Du jour au lendemain, ç'a été lui, l'homme de la maison. À lui, désormais, de veiller sur sa mère et ses sœurs. À lui d'arpenter les couloirs, la nuit, à l'affût des intrus. Mon fils a l'oreille fine. Il aura sans doute entendu des pas dans l'allée et se sera précipité sur la carabine que je lui ai offerte pour son douzième anniversaire, avant de se tapir dans le noir, attendant que le malfaiteur fasse son entrée. Comment pourrais-je lui en vouloir d'avoir agi exactement de la manière que je lui ai enseignée ? Je crois qu'il souffre déjà beaucoup trop à l'idée d'être responsable de mon état. Il lui faudra du temps pour comprendre qu'il n'est pas à blâmer. Je l'y aiderai de mon mieux. Mon fils n'a fait que son devoir.

Quant à moi, d'ici à ce que vous décidiez de mon sort et à moins que toute caution me soit refusée, j'envisage de retourner travailler à l'usine. Mon usine. Non plus au poste de directeur, cette fois, mais comme simple manutentionnaire. Un manutentionnaire aveugle, dans notre milieu, c'est ce qu'il convient d'appeler un cas léger ! On peut dire que je ne l'ai pas volé.

*Je reviendrai, Massa, polir les os de ton
corps. […] Je reviendrai une nuit d'éclair,
une nuit d'orage, brisure de rage, éclat de
fureur, me fendre entier sur le tonnerre.
J'aurai taillé, Massa, dans la pierre et
aurai avec ce pilon réduit tes os en poudre.
J'y aurai craché, Massa, craché, craché
toute mon âme.*

RAHARIMANANA,
Massa.

*Il arrive qu'après avoir cérémonieusement
transporté une défense sur de longues distances, l'éléphant tente de la détruire en la
lançant contre une pierre ou en la piétinant.
Pratique récente ou ancienne ? S'agit-il
d'une réponse aux massacres perpétrés par
l'homme ou d'un rite ancestral ? Il ne nous
est pas possible de le savoir.*

Les éléphants du Botswana,
un film de Dereck
et Beverly JOUBERT.

Romans parus à L'instant même :

La complainte d'Alexis-le-trotteur de Pierre Yergeau
L'homme à qui il poussait des bouches de Jean-Jacques Pelletier
Les étranges et édifiantes aventures d'un oniromane de Louis Hamelin
Septembre en mire de Yves Hughes
Suspension de Jean Pelchat
L'attachement de Pierre Ouellet
1999 de Pierre Yergeau
Le Rédempteur de Douglas Glover (traduit de l'anglais par Daniel
  Poliquin)
Un jour, ce sera l'aube de Vincent Engel (en coédition avec Labor)
Raphael et Lætitia de Vincent Engel (en coédition avec Alfil)
Les cahiers d'Isabelle Forest de Sylvie Chaput
Le chemin du retour de Roland Bourneuf
L'écrivain public de Pierre Yergeau
Légende dorée de Pierre Ouellet
Un mariage à trois de Alain Cavenne
Ballade sous la pluie de Pierre Yergeau
Promenades de Sylvie Chaput
La vie oubliée de Baptiste Morgan (en coédition avec Quorum)
La longue portée de Serge Lamothe
La matamata de France Ducasse
Les derniers jours de Noah Eisenbaum de Andrée A. Michaud
Ma mère et Gainsbourg de Diane-Monique Daviau
La cour intérieure de Christiane Lahaie
Les Inventés de Jean Pierre Girard

Détails de Claudine Potvin
La déconvenue de Louise Cotnoir
Visa pour le réel de Bertrand Bergeron
Meurtres à Québec, collectif
Légendes en attente de Vincent Engel
Nouvelles mexicaines d'aujourd'hui (traduit de l'espagnol et présenté
    par Louis Jolicœur)
L'année nouvelle, recueil collectif
    (en coédition avec Canevas, Les Éperonniers et Phi)
Léchées, timbrées de Jean Pierre Girard
La vie passe comme une étoile filante : faites un vœu
    de Diane-Monique Daviau
L'œil de verre de Sylvie Massicotte
Chronique des veilleurs de Roland Bourneuf
Gueules d'orage de Jean-Pierre Cannet et Ralph Louzon
    (en coédition avec Marval)
Courants dangereux de Hugues Corriveau
*Le récit de voyage en Nouvelle-France de l'abbé peintre Hugues
    Pommier* de Douglas Glover (traduit de l'anglais par Daniel Poliquin)
L'attrait de Pierre Ouellet
Cet héritage au goût de sel de Alistair MacLeod (traduit de l'anglais
    par Florence Bernard)
L'alcool froid de Danielle Dussault
Ce qu'il faut de vérité de Guy Cloutier
Saisir l'absence de Louis Jolicœur
Récits de Médilhault de Anne Legault
Аэлита / Aélita de Olga Boutenko (édition bilingue russe-français)
La vie malgré tout de Vincent Engel
Théâtre de revenants de Steven Heighton (traduit de l'anglais par
    Christine Klein-Lataud)
N'arrêtez pas la musique ! de Michel Dufour
Et autres histoires d'amour... de Suzanne Lantagne
Les hirondelles font le printemps de Alistair MacLeod (traduit de
    l'anglais par Florence Bernard)
Helden / Héros de Wilhelm Schwarz (édition bilingue allemand-français)
Voyages et autres déplacements de Sylvie Massicotte

ACHEVÉ D'IMPRIMER
EN MARS 2000
SUR LES PRESSES DE AGMV-MARQUIS
MONTMAGNY, CANADA